EL MARAVILLOSO MAGO DE OZ

L. Frank Baum

Ilustrado por W. W. Denslow

DOVER PUBLICATIONS, INC.
New York

Bibliographical Note

The present edition, first published by Dover Publications, Inc., in 1996, is a republication (in new type and format) of the text of the work originally published in 1985 by Ediciones Auriga, Madrid, in the collection "Nuevo Auriga." It is a translation into Spanish by Rafael Díaz Santander of *The Wonderful Wizard of Oz*, originally published by George M. Hill & Co., Chicago, in 1900. The present Dover edition is published by special arrangement with Ediciones Rialp, Alcalá, 290, 28027 Madrid, Spain. The illustrations are a selection of those drawn by W. W. Denslow for the Chicago, 1900, publication. The illustrations of the 1985 Spanish edition are omitted.

Library of Congress Cataloging-in-Publication Data

Baum, L. Frank (Lyman Frank), 1856–1919.
  [Wizard of Oz. Spanish]
  El maravilloso mago de Oz / L. Frank Baum.
      p.   cm.
  Summary: After a cyclone transports her to the land of Oz, Dorothy must seek out the great Wizard in order to return to Kansas.
  ISBN-13: 978-0-486-28968-7 (pbk.)
  ISBN-10: 0-486-28968-0 (pbk.)
  [1. Fantasy. 2. Spanish language materials.] I. Title.
[PZ73. B377   1996]
[Fic]—dc20

                                                                    95-38096
                                                                         CIP
                                                                          AC

Manufactured in the United States by RR Donnelley
28968009   2016
www.doverpublications.com

El autor y su obra

*L*YMAN *FRANK BAUM nació el 15 de mayo de 1856 en una pequeña localidad del Estado de Nueva York llamada Chittenango. Sus padres, Benjamin Ward y Cynthia (Stanton) Baum, poco podían imaginar, en aquel entonces, que el hijo que traían al mundo figuraría con letras de oro en la memoria de los hombres, y sus libros pasarían de mano en mano a través de las innumerables generaciones de niños del mundo entero.*

Pero ¿quién era Lyman Frank Baum? ¿Qué cosas escribió para merecer frases tan rimbombantes? Bueno, la respuesta es sencilla. Escribió dos libros bajo un nombre que no era el suyo: Schuyler Stanton. Seis para chicos, principalmente, con el de Floyd Akers, y otros veinticuatro más para niñas con un nombre de mujer: Edith Van Dyne. Todos estos libros le dieron mucho dinero, pero ahora sería un autor olvidado si no llega a ser por la más extraordinaria de sus invenciones, El Maravilloso Mago de Oz, aparecida en 1900 con su propio nombre.

En 1900 Lyman Frank Baum tenía cuarenta y cuatro años y había trabajado mucho. Empezó como reportero en Nueva York. Fue director de una cadena de teatros, dramaturgo y actor, vendedor ambulante de porcelana y objetos de vidrio, editor del «Dakota Pioneer», fundador de la Asociación nacional de decoradores de escaparates y editor de su órgano oficial, el «Chicago Show Window».

Durante muchos años había hecho escarceos con poesía y prosa, e incluso llegó a publicar un libro pequeño, nada memorable. Sin embargo, en 1899, en colaboración con un artista llamado William Wallace Denslow, preparó un libro que fue un éxito instantáneo: Father Goose: His Book. Como tenía que sacar adelante una familia numerosa y sus ingresos no eran muy boyantes, razón por la cual se veía obligado a trabajar tan duramente, se animó a seguir escribiendo para repetir su fulgurante éxito anterior. ¡Y vaya si lo consiguió!

Al año siguiente publicó el libro que le hizo universalmente conocido: El Maravilloso Mago de Oz. No sólo es un libro de un inestimable valor literario; sus virtudes escénicas y cinematográficas fueron reconocidas inmediatamente. En 1903 fue representado en Broadway, la meca del teatro, acaparando todas las atenciones. Se realizó una película muda en 1910. Otra en 1925, con Oliver Hardy, el gordo del Gordo y el Flaco en el papel del Leñador de Hojalata. *Y, ya en 1939, la versión musical que ha pasado a ser un clásico del género.*

A raíz del éxito alcanzado por esta obra, Lyman Frank Baum se trasladó a California, donde construyó una casa más a su gusto. Le gustaba escribir en el jardín. Allí tenía una enorme jaula que emitía instrumentaciones musicales de cantos de pájaros, y, además, estaban sus dalias, de las que era un experto cultivador. Habilidad que le hizo ganar varios premios.

A lo largo de su vida escribió trece historias más, ambientadas en el maravilloso país de Oz. Murió en 1919, pero las aventuras sobre aquel fabuloso mundo no acabaron con él. A partir de su muerte aparecieron veintiséis obras más sobre Oz, escritas por diversos autores. Sin embargo, son las de Lyman Frank Baum las que ocuparán un lugar permanente en la literatura infantil.

El Maravilloso Mago de Oz *narra las aventuras que le ocurren a una niña de la gris y seca Kansas al ser arrastrada por un ciclón a una tierra desconocida y fantástica. Allí se encuentra con unos seres incompletos que nos sorprenden, sin embargo, porque parecen poseer aquello de lo cual ellos creen que carecen. El Espantapájaros desea tener cerebro, pero sus ideas son las más brillantes del grupo. El Leñador de Hojalata se siente desgraciado por no tener corazón, y, sin embargo, es tan sensible que llora en cuanto algo le emociona, con grave peligro para sus articulaciones que se quedan rígidas al mojarse. Y el León Cobarde, que se asusta hasta de los ratones, se ve obligado a enfrentarse con fieras pavorosas.*

Estos tres extraordinarios personajes se encaminan junto a Dorothy y su perro Totó a la Ciudad de las Esmeraldas, donde gobierna el Gran Mago de Oz, con la esperanza de que este maravilloso mago les proporcione lo que necesitan: un cerebro para el Espantapájaros, un corazón para el Leñador de Hojalata, valor para el León Cobarde, y el regreso a Kansas para Dorothy y Totó. El libro cuenta las incidencias de este viaje y revela las inusitadas artes mágicas del Gran Mago de Oz.

Como todas las grandes obras, El Maravilloso Mago de Oz *tiene ilustres precursoras.* Alicia en el país de las maravillas *es la más notable. Como Alicia, Dorothy es transportada a un mundo extraño, al otro lado de la realidad, donde suceden las cosas más imprevistas y maravillosas, y su deseo es salir de allí. El camino está sembrado de trampas, de peligros, de incoherencias, y, sin embargo, esos inquietantes y sorprendentes mundos albergan los ecos más profundos de la realidad que conocemos. Es muy posible que al emerger de estas obras sepamos o comprendamos un poco más del mundo que nos rodea. Se ha dicho que bajo la aparentemente dócil e inocente literatura infantil se esconden los ataques más brillantes y demoledores contra nuestra sociedad y sus prejuicios, contra las miserias y estupideces que constituyen tantas veces nuestra vida cotidiana. El gran poeta inglés T. S. Eliot pensó sin duda en el Espantapájaros y el Leñador de Hojalata cuando escribió el más bello y corrosivo de sus poemas,* Los hombres huecos:

> *Somos los hombres huecos,*
> *somos los hombres rellenos,*
> *apoyados uno en otro,*
> *la mollera llena de paja.*

¿No somos nosotros seres extraordinarios e incompletos? ¿No es la Ciudad de las Esmeraldas una gran metáfora de nuestro propio mundo, tal y como estamos obligados a contemplarlo? Leed El Maravilloso Mago de Oz *y obtendréis la recompensa: un poco más de cerebro en nuestra cabeza rellena de paja, un poco más de corazón en nuestro cuerpo vacío y hueco, un poco más de valor para nuestra ignorante cobardía. Y al final, el regreso a Kansas, nuestro hogar; pero ya no seremos los mismos . . .*

Capítulo I

El ciclón

DOROTHY VIVÍA EN el centro de las grandes praderas de Kansas con tío Henry, que era granjero, y tía Em, que era la mujer del granjero. Su casa era pequeña, ya que la madera para construirla tuvo que ser transportada en un carro muchos kilómetros. Tenía cuatro paredes, un suelo y un tejado, que formaban una sola habitación. Y esta habitación contenía un herrumbroso fogón, un armario para los platos, una mesa, tres o cuatro sillas y las camas. Tío Henry y tía Em tenían una cama grande en un rincón, y Dorothy una cama pequeña en otro. La casa no tenía buhardilla, ni sótano. Tan sólo un pequeño agujero excavado en la tierra al que llamaban *gruta de los ciclones*, donde la familia se podía refugiar en caso de que se levantase uno de aquellos tremendos torbellinos, capaces de destruir cualquier edificio que se interponga en su camino.

Cuando Dorothy se paraba en la entrada y miraba alrededor, no veía nada más que la gran pradera gris que se extendía a uno y otro lado.

El sol había quemado las tierras labradas, convirtiéndolas en una masa gris surcada de pequeñas grietas. Ni siquiera la hierba era verde, pues el sol había abrasado las puntas de las largas briznas.

La casa había sido pintada tiempo atrás, pero el sol levantó ampollas en la pintura, y las lluvias se encargaron de arrastrarla después, por lo que la casa resultaba ahora tan triste y gris como todo lo demás.

Cuando tía Em llegó a vivir allí era una esposa joven y bonita. El sol y el viento también la habían cambiado a ella. Le habían arrebatado el brillo de sus ojos, dejándoles un sobrio color gris; y también el rojo de sus mejillas y sus labios había desaparecido para convertirse en gris.

Cuando Dorothy, que era huérfana, fue a vivir con ella, tía Em se sorprendía tanto con las risas de la niña, que ahogaba un grito y se llevaba una mano al corazón cada vez que la alegre voz de Dorothy traspasaba sus oídos, y todavía ahora miraba con extrañeza a la pequeña, preguntándose qué era lo que encontraba tan divertido.

Tío Henry nunca se reía. Trabajaba afanosamente de la mañana a la noche, y no sabía lo que era la alegría. Él también era gris, desde su larga barba hasta sus rústicas botas. Su aspecto era severo y solemne, y rara vez hablaba.

Era *Totó* el que hacía reír a Dorothy y la salvaba de volverse gris como todo cuanto la rodeaba. No era gris sino negro, con el pelo largo y sedoso y pequeños y vivos ojos negros. Jugaba sin cesar durante todo el día, y Dorothy jugaba con él.

Hoy, sin embargo, no jugaban. Tío Henry estaba sentado en el umbral y observaba preocupadamente el cielo, que parecía más gris que de costumbre. Dorothy, de pie en la entrada, con *Totó* en sus brazos, miraba también el cielo. Tía Em fregaba los platos.

De pronto, escucharon el débil gemido del viento procedente del lejano norte, y tanto tío Henry como Dorothy pudieron ver la larga hierba formando olas ante la tempestad que se avecinaba. Entonces, un agudo silbido procedente del sur atravesó el aire, y al mirar en aquella dirección descubrieron que también se ondulaba la hierba por aquel lado. Convenía estar prevenidos.

Tío Henry se levantó de immediato.

—Se aproxima un ciclón, Em —dijo a su esposa—. Voy a ocuparme del ganado.

Y tío Henry corrió hacia los cobertizos donde se encontraban las vacas y los caballos.

Tía Em dejó de fregar los platos y se asomó a la puerta. Una sola mirada le hizo comprender el peligro que se cernía sobre ellos. Era preciso actuar de prisa.

—¡Rápido, Dorothy! —chilló—. ¡Corramos a la gruta!

—Sí, tía.

Totó saltó de los brazos de Dorothy y se escondió debajo de la cama. La niña intentó cogerle. Tía Em, terriblemente asustada, levantó la trampilla del suelo y descendió por la escalera que conducía al pequeño y oscuro refugio. Dorothy había agarrado por fin a *Totó*, y se dispuso a seguir a su tía. Pero cuando estaba a medio camino, todavía en el cuarto, el viento lanzó un poderoso aullido y la casa se sacudió con tanta fuerza, que la niña perdió el pie y, de repente, se encontró sentada en el suelo. ¿Qué iba a ocurrir, Dios mío?

Algo muy extraño sucedió entonces.

La casa giró dos o tres veces y, poco a poco, se elevó por los aires. Dorothy tuvo la sensación de viajar en globo.

Los vientos del norte y del sur habían chocado en el lugar donde se encontraba la casa, convirtiéndola en el centro exacto del ciclón. En medio de un ciclón, el aire está generalmente tranquilo, pero la enorme presión del viento en cada pared de la casa la hizo elevarse cada vez más alto, hasta que llegó a la cresta del ciclón, y allí se quedó para ser arrastrada kilómetros y kilómetros como una pluma.

Estaba todo muy oscuro, y el viento aullaba espantosamente a su alrededor, pero Dorothy viajaba con bastante comodidad. Después de las primeras vueltas en redondo, y de un brusco movimiento que ladeó la casa, sintió como si la estuvieran meciendo suavemente, como a un bebé en su cuna.

A *Totó*, en cambio, no le gustaba. Corría de un lado a otro de la habitación, ladrando sin descanso.

Dorothy permanecía entonces muy quieta en el suelo, en espera de los acontecimientos.

En cierto momento, *Totó* se acercó demasiado a la trampilla abierta y se cayó por ella. Al principio la niña pensó que lo había perdido, pero pronto vio asomar una de sus orejas por el agujero, debido a que la fuerte presión del viento le había mantenido en suspensión y le impedía seguir cayendo. La niña se deslizó hasta el agujero, cogió a *Totó* por la oreja y lo arrastró dentro del cuarto, cerrando luego la trampilla para que no ocurriesen más accidentes.

Una tras otra pasaron las horas, y Dorothy dominó poco a poco el miedo. Sin embargo, se sentía completamente sola, y el viento ululaba tan ruidosamente que estaba a punto de quedarse sorda. Al principio la asaltaba el angustioso pensamiento de que, cuando la casa volviera a caer, ella se rompería en mil pedazos. Pero como las horas pasaban y no sucedía nada horrible, dejó de preocuparse y decidió esperar con calma lo que el futuro deparase. Por último, avanzó por el tambaleante suelo hasta su cama y se acostó en ella. *Totó* la siguió y se enroscó a su lado. Y así permaneció durante un buen rato.

Pese al balanceo de la casa y los gemidos del viento, Dorothy no tardó en cerrar los ojos y quedarse dormida.

Capítulo II

Encuentro con los Munchkins

UNA BRUSCA Y repentina sacudida despertó a Dorothy que, de no haber estado acostada en su mullida cama, se habría hecho daño. Aun así, el sobresalto la dejó sin aliento y se preguntó desconcertada qué había sucedido. *Totó* arrimó su frío hocico junto a su cara y gimoteó temeroso. Dorothy se incorporó y comprobó que la casa no se movía ya. Tampoco estaba a oscuras, pues los brillantes rayos del sol penetraban por la ventana, inundando la pequeña habitación. Saltó de la cama y, con *Totó* pisándole los talones, abrió la puerta.

La pequeña dio un grito de sorpresa al contemplar el maravilloso paisaje.

El ciclón había depositado la casa con mucha delicadeza —para ser un ciclón— en medio de un paraje de increíble belleza. Por todas partes se extendían terrenos de verde césped, con majestuosos árboles cargados de hermosas y deliciosas frutas. Aquí y allá sobresalían parterres de espléndidas flores, y pájaros de extraño y brillante plumaje cantaban y revoloteaban entre los árboles y arbustos. Un poco más allá, encajonado entre verdes orillas, discurría un agitado y chispeante arroyuelo, cuyas aguas parecían susurrar una preciosa canción a la niña, que durante tantos años había vivido en medio de las secas y grises praderas de Kansas.

Mientras admiraba aquellos maravillosos parajes reparó en que se dirigía hacia ella un grupo compuesto por los personajes más extraordinarios que jamás había visto. No eran tan grandes como los adultos a los que estaba acostumbrada, pero tampoco muy pequeños. De hecho, tenían una talla semejante a la de Dorothy, que era una chica bien desarrollada para su edad, aunque ellos parecían, a simple vista, mucho más viejos.

Eran tres hombres y una mujer, vestidos todos de una manera estrafalaria. Llevaban unos sombreros redondos que terminaban en una punta de más de un palmo de altura, con cascabeles alrededor del borde, de manera que cualquier movimiento producía un suave tintineo. Los sombreros de los hombres eran azules. El de la mujer era blanco, y llevaba además una túnica blanca que le caía en pliegues desde los hombros, adornada con pequeñas estrellas que fulguraban al sol como diamantes. Los hombres vestían de azul, del mismo tono que sus sombreros, y sus lustrosas botas lucían una cinta más oscura en su extremo superior. Dorothy pensó que aquellos hombres debían ser de la misma edad que tío Henry, ya que dos de ellos tenían barba. Sin embargo, la mujercita debía ser mucho más vieja, pues su cara estaba surcada de arrugas, su pelo era casi blanco, y caminaba con cierta rigidez.

Cuando aquellas personas llegaron cerca de la casa donde se encontraba Dorothy, se detuvieron y murmuraron entre ellas, como si temieran aproximarse más. Por fin, la viejecita se acercó a la niña y, haciendo una pequeña reverencia, dijo con suave voz:

—Bienvenida seas al país de los Munchkins, noble hechicera. Te estamos inmensamente agradecidos por haber matado a la Malvada Bruja del Este y liberado a nuestro pueblo de la esclavitud.

Dorothy escuchó asombrada estas palabras. ¿Por qué la llamaba hechicera aquella viejecita, y afirmaba, además, que había matado a la Malvada Bruja del Este? Dorothy era una inocente e inofensiva niña que había sido transportada por un ciclón a muchos kilómetros de su hogar, y jamás había matado a nadie.

Pero era evidente que la viejecita esperaba una respuesta, así que Dorothy contestó vacilante:

—Es usted muy amable, pero tiene que haber algún error . . . Yo no he matado a nadie.

—De cualquier forma, tu casa lo ha hecho —replicó la vieja, esbozando una sonrisa—, y viene a ser lo mismo. ¡Mira! —continuó, señalando la esquina de la casa—. Por aquí asoman sus pies, debajo de esta viga de madera.

Dorothy miró y lanzó un grito de espanto. En efecto, debajo del poderoso madero que servía de base a la casa asomaban dos pies calzados por unos puntiagudos zapatos de plata.

—¡Oh, Dios mío! —gritó Dorothy, juntando las manos con angustia—. ¡La casa ha debido caer encima de ella! ¿Qué podemos hacer?

—No se puede hacer nada —repuso la viejecita tranquilamente.

—Pero . . . ¿quién era? —preguntó Dorothy.

—La malvada Bruja del Este, como ya te he dicho —respondió la anciana—. Ha tenido esclavizados a los Munchkins durante muchos

años, haciéndoles trabajar día y noche. Ahora son libres y te agradecen el favor.

—¿Quiénes son los Munchkins? —inquirió Dorothy.

—Es el pueblo que habita esta Tierra del Este, donde reinaba la Malvada Bruja del Este.

—¿Tú eres Munchkin? —preguntó Dorothy.

—No; pero soy su amiga. Yo vivo en la Tierra del Norte. Cuando descubrieron que la Bruja del Este había muerto, los Munchkins me enviaron un veloz mensajero, y acudí en seguida. Yo soy la Bruja del Norte.

—¡Oh, qué gracia! —exclamó Dorothy—. ¿Eres una bruja de verdad?

—Claro que sí —respondió la anciana—. Pero yo soy una bruja buena y la gente me quiere. Sin embargo, no soy tan poderosa como la Malvada Bruja que reinaba aquí; de lo contrario, yo misma hubiera liberado a esta gente.

—Pues yo pensaba que todas las brujas eran malvadas —dijo Dorothy, que todavía estaba un poco asustada por tener ante sus ojos a una bruja auténtica.

—¡Oh, no! Eso es un error tremendo. En toda la Tierra de Oz no hay más que cuatro brujas, y dos de ellas, las que viven en el Norte y en el Sur, son buenas. Sé que es verdad, porque yo misma soy una bruja y no puedo estar equivocada. Las que moran en el Este y en el Oeste son, sin duda, brujas malas. Pero ahora que tú has matado a una de ellas, sólo queda una en toda la Tierra de Oz: la que vive en el Oeste.

—Pero . . . —dijo Dorothy después de un momento de reflexión—, tía Em me contó que las brujas habían desaparecido hace ya muchos años.

—¿Quién es tía Em? —preguntó la viejecita.

—Es mi tía, y vive en Kansas; el lugar de donde yo he venido.

La Bruja del Norte caviló durante un rato, con la cabeza gacha y los ojos fijos en el suelo. Después miró hacia arriba y dijo:

—No sé dónde está Kansas. Nunca he oído mencionar ese lugar. Pero, dime: ¿es un país civilizado?

—¡Claro que sí! —contestó Dorothy.

—Eso lo explica todo. En los países civilizados no quedan brujos, ni magos, ni hechiceros. Pero, como ves, la Tierra de Oz nunca llegó a ser

civilizada, pues vivimos apartados del resto del mundo. Por eso tenemos brujas y magos entre nosotros.

—¿Quiénes son los magos? —preguntó Dorothy.

—Oz es el Gran Mago —contestó la bruja, reduciendo su voz a un susurro—. Es más poderoso que todos nosotros juntos. Vive en la Ciudad de las Esmeraldas.

Dorothy se disponía a preguntar algo más, pero en aquel momento, los Munchkins, que habían permanecido en silencio, dieron un grito y señalaron la esquina de la casa donde la Malvada Bruja había sido aplastada.

—¿Qué pasa? —preguntó la anciana que, al mirar en aquella dirección, no pudo evitar una carcajada.

Los pies de la bruja muerta habían desaparecido por completo y sólo quedaban los zapatos de plata.

—Era tan vieja —explicó la Bruja del Norte—, que el sol la secó en seguida. Éste es su final. Pero los zapatos de plata son tuyos ahora y tendrás que llevarlos.

Se agachó, recogió los zapatos y, después de sacudirles el polvo, se los entregó a Dorothy.

—La Bruja del Este estaba muy orgullosa de sus zapatos de plata —dijo uno de los Munchkins—. Tienen algún poder mágico, pero nunca hemos sabido cuál.

Dorothy metió los zapatos dentro de la casa y los colocó encima de la mesa. Luego salió y dijo:

—Estoy ansiosa por volver junto a mis tíos. Seguro que están muy preocupados por mí. ¿Podríais ayudarme a encontrar el camino?

Los Munchkins y la Bruja sacudieron sus cabezas.

—Al Este, no muy lejos de aquí —dijo uno de ellos—, hay un desierto enorme, que nadie sería capaz de atravesar con vida.

—Lo mismo sucede al Sur —intervino otro—, porque yo estuve allí y lo vi. El Sur es el país de los Quadlings.

—A mí me contaron —añadió el tercero— que en el Oeste pasa otro tanto. En aquel país viven los Winkis, gobernados por la Bruja del Oeste.

—El Norte es mi hogar —dijo la viejecita—, y con él linda el enorme desierto que rodea toda la Tierra de Oz. Lo siento, querida, pero tendrás que quedarte a vivir con nosotros.

Dorothy empezó a llorar, pues se sentía muy sola entre aquellos extraños personajes. Sus lágrimas conmovieron a los Munchkins, de corazón muy tierno, porque inmediatamente sacaron sus pañuelos y rompieron a llorar también. En cuanto a la viejecita, se quitó el sombrero y balanceó la punta sobre el extremo de su nariz, contando «uno, dos, tres» con voz solemne. En ese momento, el gorro se transformó en una pizarra en la que estaba escrito con tiza blanca lo siguiente:

QUE DOROTHY VAYA A LA CIUDAD DE LAS ESMERALDAS

La viejecita se quitó la pizarra de la nariz y, después de leer lo que decía, preguntó:

—¿Te llamas Dorothy, querida?

—Sí —contestó la niña, secando sus lágrimas.

—Entonces tienes que ir a la Ciudad de las Esmeraldas. Tal vez te ayude Oz.

—¿Dónde está esa ciudad? —interrogó Dorothy.

—Está exactamente en el centro del país, y es gobernada por Oz.

—¿Es un buen hombre? —preguntó la chica con ansiedad.

—Es un buen mago. Si es hombre o no, no puedo decirlo, pues nunca le he visto.

—¿Y cómo llegaré allí? —preguntó Dorothy.

—Tienes que caminar. Es un largo viaje a través de un país que algunas veces es agradable, y otras lúgubre y terrible. No obstante, usaré todas las artes mágicas que conozco para evitar que sufras algún percance.

—Pero ¿no vendrás conmigo? —suplicó la niña, que había empezado a considerar a la viejecita como su única amiga.

—No, no puedo hacerlo —contestó—, pero te daré un beso, y nadie se atreverá a molestar a una niña que ha sido besada por la Bruja del Norte.

Se acercó a Dorothy y la besó amablemente en la frente. En el lugar donde sus labios tocaron a la niña quedó una marca redonda y brillante que Dorothy descubrió poco después.

—El camino a la Ciudad de las Esmeraldas está pavimentado con ladrillos amarillos —explicó la bruja—. No puedes perderte. Cuando te encuentres con Oz, no te asustes: cuéntale tu historia y pídele que te ayude. ¡Adiós, querida!

Los tres Munchkins hicieron una reverencia y le desearon buen viaje. Después se alejaron entre los árboles. La bruja dedicó a Dorothy una cordial inclinación de la cabeza, giró tres veces sobre su talón izquierdo y desapareció, para gran sorpresa de *Totó*, que ladró estrepitosamente en cuanto la vio desaparecer, pues no se había atrevido a hacerlo en su presencia.

Pero Dorothy, que sabía de lo que eran capaces las brujas, esperaba que se marchase de alguna forma extraordinaria, y no se sorprendió en absoluto.

Capítulo III
Cómo salvó Dorothy al Espantapájaros

CUANDO DOROTHY SE quedó sola, empezó a sentir hambre. Así que fue al armario y cortó una rebanada de pan que untó con mantequilla. Le dio un poco a *Totó* y, tomando un cubo del estante, lo llevó al arroyo y lo llenó de agua clara y cristalina. *Totó* corrió hacia los árboles y ladró a los pájaros posados en las ramas. Dorothy corrió tras él y descubrió gran cantidad de frutas deliciosas. Arrancó algunas, pensando que era justamente lo que necesitaba para completar su desayuno.

Después regresó a la casa, donde tomaron un buen trago de aquella limpia y fresca agua, y, a continuación, se preparó para emprender el viaje a la Ciudad de las Esmeraldas.

Dorothy tenía solamente otro vestido, que por casualidad estaba limpio y colgado en una percha al lado de la cama. Era de algodón, con cuadros azules y blancos, y, aunque el azul se había descolorido con tantos lavados, resultaba todavía muy bonito. La niña se aseó cuidadosamente, se puso el vestido y se sujetó a la cabeza su pequeño sombrero rosa. Cogió una cesta, la llenó de pan del armario y la tapó con un pañuelo blanco. Después se miró los pies y se dio cuenta de lo sucios y gastados que tenía los zapatos.

—Seguro que no resisten un camino tan largo, *Totó* —dijo, mientras éste la miraba con sus pequeños ojos negros y meneaba el rabo como si la entendiera.

Entonces, Dorothy se fijó en que los zapatos de plata que habían pertenecido a la Bruja del Este descansaban sobre la mesa.

—¿Me quedarán bien? —dijo mirando a *Totó*—. Serán insuperables para un viaje tan largo; no pueden desgastarse.

Se quitó sus viejos zapatos de cuero y se probó los de plata. Le quedaron tan bien como si hubiesen sido hechos a su medida.

Finalmente cogió su cesta.

—Vámonos, *Totó* —dijo—. Iremos a la Ciudad de las Esmeraldas y preguntaremos al Gran Oz la manera de regresar a Kansas.

Cerró la puerta y guardó con precaución la llave en el bolsillo de su vestido. Y así, con *Totó* trotando tranquilamente a sus espaldas, iniciaron el viaje.

Había por allí cerca varios caminos, pero no le costó mucho encontrar el pavimentado con ladrillos amarillos. Poco después avanzaba con decisión hacia la Ciudad de las Esmeraldas, haciendo tintinear alegremente sus zapatos de plata sobre el duro suelo dorado. El sol brillaba espléndido, los pájaros cantaban dulcemente, y Dorothy no se sentía tan mal como podría esperarse en una niña pequeña que, de repente, ha sido arrancada de su país y abandonada en medio de una tierra desconocida.

Quedó fascinada al contemplar lo hermoso que era el paisaje que la rodeaba. A ambos lados de la carretera había vallas muy cuidadas, pintadas de un delicioso tono azul, y detrás de ellas se extendían campos de trigo y de hortalizas en abundancia. Evidentemente, los Munchkins eran buenos labradores y obtenían grandes cosechas. De vez en cuando pasaba junto a una casa, y sus habitantes salían a mirarla y hacían grandes reverencias, ya que toda aquella gente sabía que gracias a ella había muerto la Malvada Bruja, liberándoles así de la esclavitud. Las casas de los Munchkins resultaban bastante singulares, pues eran redondas y tenían una gran cúpula por tejado. Todo estaba pintado de azul, que en la Tierra del Este era el color favorito.

Al caer la tarde, Dorothy sintió cansancio por la larga caminata y empezó a preguntarse dónde podría pasar la noche. Llegó a una casa algo mayor que las demás. En el verde césped de la parte delantera bailaban muchos hombres y mujeres. Cinco pequeños violinistas tocaban lo más fuerte posible, y la gente reía y cantaba, mientras en una gran mesa cercana se amontonaban deliciosas frutas y nueces, pastelillos y multitud de otras cosas exquisitas.

Aquellas gentes saludaron amablemente a Dorothy y la invitaron a cenar y a pasar la noche con ellos, ya que allí vivía uno de los Munchkins más ricos del país, y sus amigos se habían reunido con él para celebrar la liberación de la esclavitud a la que habían estado sometidos por la Malvada Bruja.

Dorothy cenó muy a gusto, servida personalmente por el rico Munchkin, que se llamaba Boq. Después tomó asiento en un banco y contempló el baile.

Cuando Boq vio sus zapatos de plata dijo:

—Debes ser una poderosa hechicera.

—¿Por qué? preguntó la niña.

—Porque llevas zapatos de plata y has matado a la Malvada Bruja. Además, tu vestido es de color blanco, y sólo las brujas y las hechiceras pueden lucirlo.

Mi vestido es a cuadros blancos y azules —dijo Dorothy.

—Eres muy amable por llevarlo —repuso Boq—. El azul es el color de los Munchkins, y el blanco el de las brujas, de manera que sabemos que eres una bruja amiga.

Dorothy no supo qué responder, pues todo el mundo la tomaba por una bruja, y ella sabía perfectamente que era sólo una niña normal.

Cuando se cansó de contemplar el baile, Boq la acompañó al interior de la casa, donde le enseñó un cuarto con una preciosa cama. Las sábanas eran de tela azul, y Dorothy durmió profundamente entre ellas.

Tomó un sabroso desayuno y observó a un bebé Munchkin que jugaba con *Totó*, tirándole del rabo, parloteando y riendo de una manera que divirtió mucho a Dorothy.

—¿Queda muy lejos la Ciudad de las Esmeraldas? —preguntó la niña.

—No lo sé —contestó Boq seriamente—. Nunca he estado allí. Es mejor que la gente no se acerque a Oz si no tiene nada que tratar con él. De cualquier forma, el camino a la Ciudad de las Esmeraldas es largo y te llevará varios días. Nuestro país es rico y agradable, pero tendrás que atravesar sitios difíciles y peligrosos antes de llegar al final de tu viaje.

Esto preocupó un poco a Dorothy; pero sabía que sólo el Gran Mago de Oz podía ayudarla a regresar a Kansas, y resolvió no volver atrás.

Se despidió de sus amigos y reanudó el viaje por el camino de ladrillos amarillos. Después de recorrer unos cuantos kilómetros, pensó que debía hacer un alto para descansar, así que se encaramó a una valla junto al camino y se sentó en ella. Detrás había un extenso campo de maíz y, a poca distancia, divisó un espantapájaros colocado en lo alto de un palo.

Dorothy apoyó la barbilla en la mano y observó pensativamente al espantapájaros. Su cabeza consistía en un pequeño saco relleno de paja, con ojos, nariz y boca pintados en él para representar una cara. Un viejo y puntiagudo sombrero azul, que debía haber pertenecido a algún Munchkin, cubría su cabeza, mientras que el resto de su figura se componía de varias prendas azules, raídas y descoloridas, rellenas también de paja. Calzaba unas viejas botas rematadas de azul, como las que usaban todos los hombres de aquel país. Asomaba por encima de las cañas de maíz.

Mientras Dorothy contemplaba seriamente la extraña cara pintada del espantapájaros, se llevó la sorpresa de ver cómo uno de sus ojos le hacía un guiño. Al principio creyó que se había equivocado, ya que ninguno de los espantapájaros de Kansas guiñaba jamás un ojo. Entonces, el muñeco inclinó la cabeza con un gesto de simpatía y la niña saltó la valla y se acercó a él, mientras Totó ladraba dando vueltas alrededor del palo.

—Buenos días —dijo entonces el Espantapájaros con voz ronca.

—¿Has hablado? —preguntó la niña, maravillada.

—Ciertamente —respondió el Espantapájaros—. ¿Cómo estás?

—Yo me encuentro muy bien, gracias —replicó Dorothy, cortésmente—. ¿Y tú?

—No me siento muy bien —dijo el Espantapájaros con una sonrisa—. Resulta muy aburrido estar colgado aquí día y noche para espantar a los cuervos.

—¿Y no puedes bajar? —preguntó Dorothy.

—No, porque el palo me sujeta la espalda. Si pudieras quitármelo, te estaría infinitamente agradecido.

Dorothy extendió los brazos y sacó al muñeco del palo, ya que, al ser de paja, pesaba muy poco.

—¡Muchísimas gracias! —exclamó el Espantapájaros tan pronto como llegó al suelo—. Me siento como nuevo.

Dorothy estaba muy confusa, pues era de lo más extraño oír hablar a un hombre de paja y verle caminar a su lado.

—¿Quién eres tú? —preguntó el Espantapájaros después de estirarse y bostezar—. ¿Y adónde vas?

—Me llamo Dorothy —dijo la niña—, y voy a la Ciudad de las Esmeraldas para pedirle al Gran Oz que me devuelva a Kansas.

—¿Dónde está la Ciudad de las Esmeraldas? —inquirió el Espantapájaros—. ¿Y quién es Oz?

—¿Cómo? ¿No lo conoces? —exclamó sorprendida Dorothy.

—No . . . Yo no sé nada. Como ves, estoy relleno de paja y no tengo cerebro —contestó tristemente.

—¡Oh! —se disculpó Dorothy—. ¡Cuánto lo siento!

—¿Tú crees —preguntó el Espantapájaros— que si yo fuese a la Ciudad de las Esmeraldas contigo, el Gran Oz me daría un poco de cerebro?

—No puedo asegurártelo —repuso la niña—, pero puedes acompañarme, si quieres. Si Oz no te da cerebro, tampoco estarás peor que ahora.

—Es cierto —dijo el Espantapájaros, y agregó en tono confidencial—: A mí no me importa tener el cuerpo, las piernas y los brazos rellenos de paja, porque así no me duele nada. Si alguien me pisa los dedos de los pies o me pincha con algo, no me importa, pues ni me entero. Sin embargo, no me gusta que la gente me llame tonto, y si mi cabeza está rellena de paja, en lugar de sesos como la tuya, ¿cómo quieres que llegue a saber algo?

—Comprendo cómo te sientes —dijo la niña, que experimentaba una pena sincera por él—. Si vienes conmigo, pediré a Oz que haga todo lo que pueda por ti.

—Gracias —contestó el Espantapájaros con gran satisfacción.

Dorothy le ayudó a saltar la valla y regresaron al camino. Después continuaron por el pavimento de ladrillos amarillos que conducía a la Ciudad de las Esmeraldas.

A Totó no le hizo mucha gracia, al principio, su nuevo compañero. Olfateaba al hombre relleno de paja por todos lados, como si sospechara que en su interior pudiese haber un nido de ratas, y le propinó más de un gruñido de antipatía.

—No tengas miedo de Totó —le dijo Dorothy—. Nunca muerde.

—No tengo miedo —replicó el Espantapájaros—; no puede hacer daño a la paja. Y ahora déjame llevar tu cesta, yo no me canso. Te confiaré un secreto —añadió mientras caminaban—: sólo hay una cosa en el mundo que me asusta.

—¿Qué es? —preguntó Dorothy—. ¿El granjero Munchkin que te hizo?

—No —respondió el Espantapájaros—. ¡Una cerilla encendida!

Capítulo IV

El camino a través del bosque

ESPUÉS DE UNAS cuantas horas, el camino se hizo escabroso, y avanzar era tan difícil, que el Espantapájaros tropezaba con frecuencia con los ladrillos amarillos, que eran muy desiguales. A veces, los ladrillos estaban rotos o faltaban, formando agujeros que Totó saltaba y Dorothy se veía obligada a rodear. Pero el Espantapájaros, al no tener cerebro, seguía adelante, metía el pie en los agujeros y caía tan largo como era sobre los duros ladrillos. Nunca se hacía daño, sin embargo, y Dorothy le ayudaba a ponerse en pie de nuevo, mientras él se reía alegremente de su propia torpeza.

Las granjas ya no estaban tan bien cuidadas como las anteriores. Había menos casas y menos árboles frutales, y a medida que se alejaban, el paisaje era cada vez más triste y solitario.

A mediodía se sentaron a un lado del camino, cerca de un arroyo, y Dorothy abrió la cesta y sacó un poco de pan. Ofreció un trozo al Espantapájaros, pero éste lo rechazó.

—Nunca tengo hambre —dijo—. Y es una suerte que no tenga, porque mi boca sólo está pintada, y si hiciera en ella un agujero para comer, la paja de la que estoy relleno saldría y estropearía la forma de mi cabeza.

Dorothy comprendió en seguida que lo que decía era verdad, por lo que se limitó a asentir y continuó comiendo.

—Cuéntame algo de ti y del país de donde procedes —dijo el Espantapájaros en cuanto ella acabó de comer.

Dorothy le contó todo sobre Kansas; lo gris que era, y cómo el ciclón la había transportado a la extraña Tierra de Oz. El Espantapájaros escuchó atentamente, y dijo:

—No entiendo por qué quieres abandonar este país tan maravilloso y regresar a ese lugar seco y gris que llamas Kansas.

—Eso es porque no tienes cerebro —contestó la niña—. No importa lo aburrido y gris que sea el lugar donde están nuestros hogares: las personas de carne y hueso preferimos vivir allí que en cualquier otro país, por muy hermoso que sea. No hay ningún sitio como el hogar.

El Espantapájaros suspiró.

—Está claro que no puedo entenderlo —dijo—. Si vuestras cabezas estuvieran rellenas de paja, como la mía, todos vosotros viviríais probablemente en lugares maravillosos, y en Kansas no quedaría nadie. Es una suerte para Kansas que tengáis cerebro.

—¿Por qué no me cuentas tú algo mientras descansamos? —preguntó entonces la niña, ávida de curiosidad.

El Espantapájaros la miró ceñudamente y contestó:

—Mi vida ha sido tan corta que no sé nada de nada. Me hicieron anteayer. Lo que ocurrió en el mundo antes de ese día es algo que ignoro. Afortunadamente, cuando el granjero hizo mi cabeza, la primera cosa que pintó fueron las orejas, y pude enterarme de lo que sucedía. Había otro Munchkin con él, y el granjero comentó:

»—¿Te gustan estas orejas?

»—No están muy derechas —contestó el otro.

»—No importa —dijo el granjero—; al fin y al cabo son orejas.

»Lo cual era cierto.

»—Ahora voy a hacerle los ojos —dijo el granjero.

»Así que me pintó el ojo derecho y, en cuanto terminó, me encontré mirándole a él y a todo lo que me rodeaba con gran curiosidad, pues era la primera ojeada que echaba al mundo.

»—Es un ojo muy bonito —señaló el Munchkin que acompañaba al granjero—. El azul es el color adecuado para los ojos.

»—Creo que haré el otro un poco más grande —dijo el granjero.

»Cuando me pintó el segundo ojo pude ver mejor que antes.

»Después me pintó la nariz y la boca, pero yo no hablé, pues todavía no sabía para qué servía la boca. Me divirtió mucho observar cómo formaban mi cuerpo, mis brazos y mis piernas. Por fin, cuando sujetaron encima mi cabeza, me sentí muy orgulloso, pues pensé que era un hombre como cualquier otro.

»—Este tipo espantará a los cuervos en seguida —dijo el granjero—. Parece un hombre.

»—Es que lo es —dijo el otro.

»Y yo estuve de acuerdo con él.

»El granjero me trasladó bajo el brazo al maizal y me plantó en ese palo, en el que tú me encontraste. Poco después se fueron y me dejaron solo.

»No me gustó nada que me abandonaran de esa manera, y traté de seguirles, pero mis pies no llegaban al suelo y me vi obligado a permanecer en aquel palo. Mi vida era muy solitaria, y, por haber sido construido tan recientemente, no tenía nada que pensar. Un montón de cuervos y otros pájaros se acercaron al campo, pero en cuanto me vieron se alejaron volando, creyendo que yo era un Munchkin. Eso me satisfacía mucho y hacía que me sintiera una persona importante. Poco a poco se me acercó un viejo cuervo y, después de examinarme con atención, se posó en mi hombro y dijo:

»—Me sorprende que ese granjero pensara engañarme con un truco tan estúpido. Todo cuervo con sentido común puede darse cuenta de que sólo eres un muñeco relleno de paja.

»Luego saltó a mis pies y picoteó todo el maíz que le dio la gana. Los demás pájaros, viendo que el cuervo no se asustaba de mí, vinieron a picotear también, de modo que, en poco tiempo, había una bandada entera rodeándome.

»Esto me entristeció mucho, pues demostraba que no era un buen espantapájaros, después de todo. Pero el viejo cuervo me consoló diciendo:

»—Si tuvieses sesos en la cabeza serías tan hombre como cualquiera de ellos, y mejor que muchos, seguramente. Tener cerebro es la única cosa que merece la pena en este mundo, tanto si eres cuervo como si eres hombre.

»Nada más marcharse los cuervos reflexioné sobre sus palabras y decidí hacer todo lo posible para conseguir un cerebro. Por fortuna pasaste tú por el camino y me arrancaste de aquella estaca. Por lo que dices, estoy seguro de que el Gran Oz me dará un cerebro tan pronto como lleguemos a la Ciudad de las Esmeraldas.

—Eso espero yo también —dijo Dorothy seriamente—, ya que tanto deseas tenerlo.

¡Ya lo creo! ¡Estoy ansioso! —replicó el Espantapájaros—. Es tan desagradable saber que uno es tonto.

—¡Bueno! —exclamó Dorothy—. ¡Vámonos!

Y entregó la cesta al Espantapájaros.

Ahora ya no había vallas a los lados del camino, y la tierra era áspera y yerma. Al caer la tarde llegaron a un frondoso bosque, donde los árboles eran tan altos y estaban tan juntos, que sus ramas se entrecruzaban por encima del camino de ladrillos dorados. Debajo de los árboles la oscuridad era casi total, ya que las ramas no dejaban pasar la luz del día. Pero los viajeros no se detuvieron, y continuaron adentrándose en la espesura.

—Si el camino entra en el bosque, también tiene que salir —dijo el Espantapájaros—, y como la Ciudad de las Esmeraldas se encuentra al final del camino, tenemos que seguirlo hasta donde nos lleve.

—Eso lo sabe cualquiera —contestó Dorothy.

—¡Pues claro! Por eso lo sé yo —replicó el Espantapájaros—. Si para imaginarse eso fuera necesario cerebro, no habría podido decirlo.

Una hora más tarde la luz desapareció y se encontraron avanzando a tropezones en medio de la noche. Dorothy no veía absolutamente nada, al contrario que *Totó,* pues algunos perros ven muy bien en la oscuridad. El Espantapájaros declaró que sus ojos veían igual que por el día, de modo que Dorothy se agarró a su brazo y continuaron caminando sin problemas.

—Si distingues una casa o un lugar donde podamos pasar la noche, avísame —dijo Dorothy—. Es muy incómodo andar por las tinieblas.

Poco después el Espantapájaros se paró.

—Veo una cabaña a nuestra derecha —dijo—. Está construida con troncos y ramas. ¿Vamos allá?

—¡Sí, sí! ¡Desde luego! —contestó la niña—. Estoy completamente agotada.

El Espantapájaros la condujo a través de los árboles hasta llegar a la casita, y Dorothy entró y vio una cama de hojas secas en un rincón. Al momento se tumbó en ella, con *Totó* a su lado, y cayó en un profundo sueño. El Espantapájaros, como nunca se cansaba, permaneció de pie en un rincón, esperando pacientemente que llegara la mañana.

Capítulo V

El rescate del Leñador de Hojalata

C UANDO DOROTHY SE despertó, el sol brillaba a través de los árboles y Totó llevaba ya un rato persiguiendo pájaros y ardillas. Dorothy se levantó y miró alrededor. Allí estaba el Espantapájaros, sentado tranquilamente en un rincón, esperándola.

—Tenemos que ir por agua —dijo la niña.

—¿Para qué quieres agua? —preguntó él.

—Para lavarme la cara y quitarme el polvo del camino. También necesito beber, si no, el pan seco se me quedará atascado en la garganta.

—Ser de carne y hueso tiene muchos inconvenientes —dijo pensativamente el Espantapájaros—, pues necesitáis dormir, comer y beber. No obstante, merece la pena tener cerebro y poder pensar sensatamente a cambio de todas esas molestias.

Dejaron la cabaña y caminaron entre los árboles hasta que encontraron una fuente de agua cristalina, donde Dorothy bebió, se bañó y tomó su desayuno. Comprobó que apenas quedaba pan en la cesta y se alegró de que el Espantapájaros no necesitara comer nada, pues tendrían para comer escasamente ese día ella y Totó.

Cuando estaban a punto de retomar el camino de ladrillos amarillos, escucharon un profundo quejido que les dejó estupefactos.

—¿Qué ha sido eso? —preguntó Dorothy, asustada.

—No puedo imaginármelo —replicó entonces el Espantapájaros—. Vamos a verlo. ¿Te parece bien? ¡Vamos!

Entonces, un segundo quejido procedente de algún lugar detrás de ellos alcanzó sus oídos. Dieron la vuelta y caminaron unos cuantos pasos por el bosque, hasta que Dorothy descubrió algo que relucía bajo un rayo de sol que penetraba entre los árboles. Corrió hacia aquel lugar y se paró de repente, lanzando un grito de sorpresa.

Uno de los grandes árboles estaba medio cortado, y junto a él, con un hacha entre las manos, se encontraba un hombre construido entera-mente de hojalata. Su cabeza, sus brazos y sus piernas estaban unidas al cuerpo, pero permanecía inmóvil, incapaz de realizar el más simple movimiento.

Dorothy le examinó con curiosidad, y lo mismo hizo el Espantapájaros. Mientras tanto, *Totó* ladraba furioso e intentaba clavar los dientes en las piernas de lata, consiguiendo únicamente hacerse daño él mismo.

—¿Eres tú el que se ha quejado? —preguntó Dorothy.

—Sí —contestó el hombre de hojalata—. He sido yo. He estado quejándome más de un año, y hasta ahora nadie ma había oído.

—¿Qué puedo hacer por ti? —inquirió Dorothy con dulzura, porque le había emocionado la triste voz con que aquel hombre se expresaba.

—Ve en busca de una aceitera y engrásame las articulaciones —respondió—. Están oxidadas y no puedo moverme. En cuanto esté engrasado volveré a funcionar perfectamente. Encontrarás la aceitera en una repisa de mi cabaña.

Dorothy salió corriendo hacia la cabaña y encontró la aceitera. Cuando regresó junto al hombre de hojalata preguntó ansiosamente:

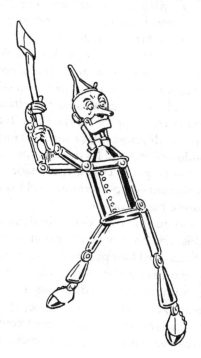

—¿Dónde están tus articulaciones?

—Primero engrásame el cuello —contestó amablemente el Leñador de Hojalata.

Dorothy así lo hizo, pero estaba tan oxidado que el Espantapájaros tuvo que sujetar la cabeza de lata y moverla con cuidado de un lado a otro hasta que perdió la rigidez y el hombre pudo girarla solo.

—Ahora, pon aceite en las articulaciones de mis brazos —dijo el Leñador de Hojalata.

Dorothy las engrasó. Mientras tanto, el Espantapájaros las accionaba cuidadosamente, hasta que estuvieron libres de herrumbre y quedaron como nuevas.

El Leñador de Hojalata dio un suspiro de alivio y dejó el hacha apoyada en un árbol.

—¡Qué descanso! —exclamó—. He tenido que sostener el hacha en el aire desde que me oxidé, y es un placer indescriptible poder bajarla de nuevo. Si ahora queréis engrasarme las articulaciones de las piernas, me sentiré tan bien como antes.

Así, pues, echaron aceite en sus piernas hasta que pudo moverlas libremente.

El hombre de hojalata les agradeció una y otra vez la ayuda prestada. Se sentía feliz.

—Menos mal que habéis pasado por aquí; temía quedarme oxidado para siempre —dijo—. Habéis salvado mi vida, sin lugar a dudas. ¿Qué os ha sucedido para venir a parar a este lugar?

—Vamos camino de la Ciudad de las Esmeraldas, para ver al Gran Oz —respondió Dorothy—, y nos hemos detenido en tu cabaña para pasar la noche.

—¿Por qué queréis ver a Oz? —preguntó.

—Yo quiero que me envíe de regreso a Kansas, y el Espantapájaros quiere tener un poco de sesos en la cabeza —replicó la niña.

El Leñador de Hojalata pareció reflexionar durante un momento. Por fin dijo:

—¿Crees que Oz podría darme un corazón?

—Creo que sí —respondió Dorothy—. Sería tan fácil como darle un poco de cerebro al Espantapájaros.

—Es cierto —asintió el Leñador de Hojalata—. Si me permitís unirme a vuestro grupo, os acompañaré a la Ciudad de las Esmeraldas y pediré ayuda a Oz.

—Sí, ven con nosotros —dijo el Espantapájaros cordialmente, y Dorothy añadió que estaría encantada de contar con su compañía.

De este modo, el Leñador de Hojalata se echó el hacha al hombro, y todos juntos atravesaron el bosque hasta llegar al camino de ladrillos dorados.

El Leñador de Hojalata había pedido a Dorothy que llevase la aceitera en su cesta.

—Si llueve y me mojo —explicó—, volveré a oxidarme y necesitaré con urgencia el aceite.

Fue una suerte que el nuevo compañero formara parte del grupo, porque poco después de emprender la marcha llegaron a un lugar donde los árboles y las ramas formaban una maraña muy espesa y los caminantes no podían atravesarla. Pero el Leñador de Hojalata puso a trabajar su hacha y en seguida abrió un sendero por el que pudo pasar todo el grupo.

Dorothy iba tan absorta en sus pensamientos que no se dio cuenta de que el Espantapájaros tropezó con un agujero y cayó rodando hasta el otro extremo del camino. El propio Espantapájaros tuvo que llamarla para que le ayudara a levantarse.

—¿Por qué no rodeaste el agujero? —preguntó el Leñador de Hojalata.

—No sé lo suficiente —contestó el Espantapájaros, divertido—. Mi cabeza está rellena de paja, como sabes, y por eso voy a ver a Oz, para pedirle un poco de cerebro.

—¡Ah, eso ya lo sabía! —dijo el Leñador de Hojalata—. Pero, después de todo, tener cerebro no es lo más importante del mundo.

—¿Tú tienes cerebro? —inquirió el Espantapájaros.

—No, mi cabeza está vacía —contestó el Leñador—, pero una vez tuve cerebro, y también corazón. Por eso te digo que, habiendo tenido ambas cosas, siempre elegiré el corazón.

—¿Por qué dices eso? —preguntó el Espantapájaros.

—Te contaré mi historia, y entonces lo entenderás.

Así, mientras caminaban a través del bosque, el Leñador de Hojalata les contó la siguiente historia:

—Yo era hijo de un leñador que cortaba árboles en el bosque y se ganaba la vida con la venta de la madera. Cuando me hice mayor, yo también adopté esa profesión. A la muerte de mi padre, me hice cargo de mi madre y la cuidé mientras vivió. Entonces pensé que debía casarme para no quedarme solo.

»Entre las chicas Munchkins había una muy guapa, y en seguida me enamoré de ella con todo mi corazón. Ella, por su parte, prometió casarse conmigo tan pronto como ganara lo suficiente para construirle una casa más acogedora, y yo me puse a trabajar más duro que nunca. »Por desgracia, la chica vivía con una vieja que no quería que se casara con nadie, porque era una holgazana de tomo y lomo, y le resultaba muy conveniente que la chica cocinase y realizase todos los trabajos de la casa. Al enterarse de las ilusiones que nos habíamos formado, la vieja fue a ver a la Malvada Bruja del Este y le prometió dos ovejas y una vaca si impedía el matrimonio. Entonces, la bruja realizó un maleficio sobre mi hacha, y cuando me encontraba cortando leña con más bríos que nunca, porque deseaba tener la nueva casa cuanto antes y convertir a la encantadora joven en mi mujer, el hacha resbaló de mi mano y me cortó la pierna izquierda.

»Al principio me pareció una desgracia irreparable, porque sabía que un hombre con una sola pierna no podía ser un buen leñador. Por lo tanto, me dirigí a un hojalatero y le encargué una pierna de lata. Me funcionó estupendamente y en seguida me acostumbré a ella, pero esta solución enfureció sobremanera a la Malvada Bruja del Este, que había prometido a la vieja que yo no me casaría con la bonita muchacha Munchkin. Cuando reanudé mi trabajo, el hacha se me escapó de la mano y me cortó la pierna derecha. Acudí otra vez al hojalatero y me fabricó una segunda pierna de lata. En vista de esto, el hacha encantada me cortó los dos brazos, uno después de otro. Pero yo no me desanimé y los reemplacé por brazos de hojalata. Entonces, la endemoniada bruja ordenó al hacha que me cortara la cabeza. Creí que aquel era mi fin, pero el hojalatero acertó a pasar por allí y me hizo una nueva cabeza de lata.

»Pensé que había derrotado a la Malvada Bruja y me puse a trabajar con más ahínco todavía. Pero poco imaginaba yo lo cruel que mi enemiga podía ser. Ideó una nueva forma de matar mi amor hacia la hermosa doncella e hizo resbalar otra vez mi hacha, de modo que me partió el cuerpo en dos. De nuevo vino en mi ayuda el hojalatero y me fabricó un cuerpo de lata, al que sujetó mis extremidades mediante articulaciones, para que pudiera moverme como antes. Pero . . . ¡ay de mí! Yo no tenía corazón y no sentía cariño alguno hacia la muchacha Munchkin, y me traía sin cuidado casarme con ella o no. Supongo que todavía debe vivir con la vieja, esperando que vaya a buscarla.

»Mi cuerpo brillaba con tal fuerza a la luz del sol, que yo me sentía muy orgulloso de él y poco me importaba que el hacha resbalara, pues ya no podía cortarme. Sólo existía un riesgo: que mis articulaciones se oxidaran. Por eso conservaba una aceitera en mi cabaña y me engrasaba cuando hacía falta. Sin embargo, un día olvidé ponerme aceite y, de repente, me vi en medio de un chubasco. Antes de que pudiera darme cuenta del peligro, mis articulaciones se oxidaron y me quedé paralizado en el bosque hasta hoy, que habéis llegado vosotros para socorrerme. Ha sido horrible, pero durante el año que he pasado allí he tenido tiempo suficiente para darme cuenta de que lo peor que me había deparado el destino fue la pérdida del corazón. Mientras estuve enamorado fui el hombre más feliz de la tierra, pero nadie puede amar si carece de corazón. Por eso estoy decidido a pedirle uno a Oz. Si me lo concede, iré en busca de la muchacha Munchkin y me casaré con ella.

Tanto Dorothy como el Espantapájaros habían mostrado gran interés en la historia del Leñador de Hojalata, y ahora comprendían por qué ansiaba tanto poseer un nuevo corazón.

—De cualquier forma —dijo el Espantapájaros—, yo prefiero pedir un cerebro, porque un tonto como yo no sabría qué hacer con un corazón, en caso de que lo tuviera.

—Pues yo elijo el corazón —repuso el Leñador de Hojalata—. El cerebro no hace feliz a nadie, y la felicidad es lo mejor del mundo.

Dorothy se preguntaba cuál de sus dos amigos tenía razón, y permaneció en silencio. Al final pensó que si lograba volver a Kansas, a casa de su tía Em, poco importaba que el Leñador de Hojalata no tuviera cerebro y el Espantapájaros careciese de corazón, o que cada cual consiguiera lo que quería.

Lo que más le preocupaba era que el pan se estaba agotando. Una comida más para *Totó* y ella, y la cesta estaría vacía. Era seguro que el Leñador y el Espantapájaros no necesitaban comer nada, pero ella no era de hojalata ni de paja, y no podía vivir sin comida.

Capítulo VI

El León Cobarde

TODO AQUEL TIEMPO lo habían pasado caminando a través de espesos bosques. El camino seguía pavimentado con ladrillos amarillos, pero el suelo estaba cubierto por multitud de ramas secas y hojas muertas, y no resultaba nada fácil andar por allí.

Había pocos pájaros, pues a las aves les gusta el campo abierto, donde brilla el sol en todo su esplendor. Sin embargo, ahora se escuchaba de vez en cuando el profundo rugido de algún animal salvaje escondido entre los árboles. Aquellos sonidos hacían que el corazón de la niña latiese aceleradamente, pues no sabía quién los producía. Totó, en cambio, sí que lo sabía, y por eso no se apartaba de Dorothy y ni siquiera replicaba con sus ladridos.

—¿Cuánto tardaremos en salir del bosque? —preguntó la niña al Leñador de Hojalata.

—No lo sé —respondio éste—. No he estado nunca en la Ciudad de las Esmeraldas. Pero mi padre estuvo allí una vez, cuando yo era niño, y dijo que era un viaje largo, a través de una región muy peligrosa, aunque en las cercanías de la Ciudad de Oz, el paisaje cambia y se hace precioso. Por mi parte, mientras tenga la aceitera no tendré miedo, y el Espantapájaros no debe temer nada tampoco; en cuanto a ti, la marca del beso de la buena bruja que llevas en la frente te protegerá de todo mal.

—Pero, ¿y Totó? —exclamó la niña—. ¿Quién le protegerá a él?

—Tendremos que hacerlo nosotros mismos, si se ve en algún peligro —contestó el Leñador de Hojalata.

En ese mismo instante escucharon un espantoso rugido procedente del interior del bosque, y, al segundo, apareció en el camino un terrible león. Con un zarpazo envió rodando al Espantapájaros al otro lado del camino, para atacar después al Leñador de Hojalata con sus afiladas garras. Pero, para gran sorpresa del animal, no pudo penetrar en la hojalata, pese a que el Leñador cayó inmovilizado al suelo.

El pequeño Totó, ahora que tenía con quién enfrentarse, corrió ladrando hacia el león, y la enorme bestia ya había abierto la boca para morder al perro cuando Dorothy, temiendo que Totó resultase muerto, se adelantó despreciando el peligro, y asestó con todas sus fuerzas un manotazo en el hocico de la fiera, chillando:

—¡No te atrevas a morder a *Totó*! ¡Debería darte vergüenza! ¡Atacar a un perro tan pequeño, una bestia tan grande como tú!

—Yo no le he mordido —alegó el León, restregándose con una pata el hocico donde Dorothy había golpeado.

—No, pero lo intentaste —replicó ella—. No eres más que un cobarde.

—Ya lo sé —dijo el León, agachando la cabeza avergonzado—. Siempre lo he sabido. Pero ¿qué puedo hacer para remediarlo?

—¡Y yo qué sé! ¡Mira que pegar a un hombre relleno de paja, como el pobre Espantapájaros!

—¿Está relleno de paja? —preguntó el León, atónito, observando cómo Dorothy ayudaba a levantarse al Espantapájaros.

—Pues claro que está relleno de paja —contestó Dorothy, todavía enfadada.

—Por eso ha caído con tanta facilidad —señaló el León—. Me dejó asombrado verle rodar de esa manera. ¿El otro está relleno también?

—No —dijo Dorothy—. Está hecho de hojalata.

Después ayudó a incorporarse al Leñador.

—¡Claro! Por eso me dejó casi sin uñas —exclamó el León—. Cuando arañé la hojalata sentí un escalofrío que me recorrió la espalda. ¿Y qué es ese pequeño animal al que tienes tanto cariño?

—Es mi perro *Totó* —respondió Dorothy.

—¿Está hecho de hojalata, o relleno de paja? —preguntó el León.

—Ninguna de las dos cosas. Es un pe . . ., pe . . ., perro de carne y hueso —tartamudeó la niña.

—¡Oh! Es un animal muy curioso, y bastante pequeño, ahora que le miro bien. A nadie se le ocurriría morder una cosa tan pequeña, excepto a un cobarde como yo —prosiguió el León, entristecido.

—¿Y por qué eres tan cobarde? —preguntó Dorothy, mirando con curiosidad a la enorme bestia, que era tan grande como un potro.

—Es un misterio —replicó el León—. Supongo que nací así. Todos los demás animales esperaban, como es lógico, que fuera un valiente, ya que el León es considerado en todas partes el Rey de la Selva. Me enseñaron que, si rugía fuertemente, todo ser viviente se espantaría y desaparecería de mi camino. Sin embargo, cada vez que me encontraba con un hombre, yo sentía un miedo terrible, pero me bastaba con soltar un rugido para que él saliese corriendo a toda velocidad. Y si los

elefantes, los tigres o los osos hubieran tratado de atacarme, habría salido corriendo yo también, tan cobarde soy. Pero tan pronto como me oyen rugir, todos echan a correr, y yo les dejo que se escapen, claro.

—Pues eso no está bien. El Rey de la Selva no debería ser un cobarde —comentó el Espantapájaros.

—Ya lo sé —admitió el León, mientras se enjugaba los ojos con la punta del rabo—. Esa es mi gran pena, y hace que mi vida sea muy desgraciada. Siempre que hay peligro, mi corazón empieza a latir como loco.

—Quizá tengas el corazón enfermo —dijo el Leñador de Hojalata.

—Puede ser —admitió el León.

—Si así fuera —continuó el Leñador de Hojalata—, deberías estar agradecido, pues significa que tienes corazón. Yo, por mi parte, no lo tengo, y por eso no puedo enfermar del corazón.

—Tal vez —dijo el León pensativamente—, si no tuviera corazón dejaría de ser un cobarde.

—¿Tú tienes sesos? —preguntó el Espantapájaros.

—Supongo que sí, aunque nunca los he visto —replicó el León.

—Yo voy a ver al Gran Oz para pedirle que me dé un poco de cerebro —declaró el Espantapájaros—, porque mi cabeza está rellena de paja.

—Y yo voy a pedirle que me dé un corazón —dijo el Leñador.

—Pues yo voy a pedirle que nos devuelva a Kansas a *Totó* y a mí —añadió Dorothy.

—¿Creéis que Oz podría darme valor? —preguntó el León Cobarde.

—Tan fácilmente como a mí podría darme cerebro —dijo el Espantapájaros.

—O a mí corazón —dijo el Leñador de Hojalata.

—O enviarme a mí a Kansas —dijo Dorothy.

—Entonces, si no os importa, iré con vosotros —propuso el León—. Mi vida resulta insoportable sin un poco de valor.

—Bienvenido seas, entonces —respondió Dorothy—. Nos ayudarás a ahuyentar a las demás fieras salvajes. Me parece que deben ser más cobardes que

tú si permiten que les asustes tan fácilmente.

—Realmente lo son —dijo el León—, pero eso no me hace a mí más valiente, y seré desgraciado en tanto sepa que soy un cobarde.

La pequeña compañía reanudó una vez más su camino, y el León avanzó con majestuosos pasos al lado de Dorothy. A *Totó* no le hacía mucha gracia el nuevo camarada, ya que no podía olvidar que había estado a punto de verse triturado entre sus poderosas mandíbulas. Pero al cabo de un rato se sintió más tranquilo, y al final llegaron a ser buenos amigos.

Durante el resto del día no hubo ninguna otra aventura que interrumpiera la paz del viaje. Una vez, sin embargo, el Leñador de Hojalata pisó a un pobre escarabajo que pasaba por el sendero y lo mató. Esto causó un gran disgusto al Leñador, que evitaba en lo posible hacer daño a cualquier criatura viviente, y, al seguir adelante, derramó unas cuantas lágrimas de pena y remordimiento. Estas lágrimas resbalaron poco a poco hasta llegar a los goznes de su mandíbula, y la oxidaron. Luego, cuando Dorothy quiso preguntarle algo, el Leñador de Hojalata no pudo abrir la boca, porque sus oxidadas mandíbulas estaban encajadas. Alarmado por esta eventualidad, comenzó a hacer aparatosos gestos para dárselo a entender a Dorothy, pero la niña no le comprendía. También el León se preguntaba extrañado lo que sucedía. Fue el Espantapájaros el que sacó la aceitera de la cesta de Dorothy y engrasó las mandíbulas del Leñador, que a los pocos momentos pudo volver a hablar como antes.

—Esto me servirá de lección para prestar más atención al lugar donde pongo el pie —dijo—. Porque si aplasto otro escarabajo o una cucaracha, lloraré de nuevo, y las lágrimas oxidarán mis mandíbulas, y no podré hablar.

A partir de entonces caminó con precaución, con los ojos fijos en el camino, y cuando veía avanzar trabajosamente a una hormiga, pasaba por encima de ella para no hacerle daño. El Leñador de Hojalata sabía de sobra que no tenía corazón, y por eso ponía gran empeño en no ser nunca cruel ni desconsiderado con ser viviente alguno.

—Vosotros, la gente con corazón —dijo—, tenéis algo que os guía, y no podéis obrar mal. Yo, en cambio, no lo tengo, y debo conducirme con mucho cuidado. Cuando Oz me conceda el corazón, no necesitaré andar con tantos miramientos.

Capítulo VII

El viaje hacia el Gran Oz

AQUELLA NOCHE SE vieron obligados a acampar bajo un gran árbol, en el bosque, ya que no había casas en las cercanías. El árbol era un excelente refugio que, por su espesura, les protegería de la humedad, y el Leñador de Hojalata cortó un montón de leña con su hacha, de modo que Dorothy encendió un espléndido fuego que la calentó y la hizo sentirse menos sola. Ella y *Totó* comieron el último trozo de pan, preguntándose qué podrían hacer para desayunar.

—Si quieres —dijo el León—, puedo internarme en el bosque y matar un cervatillo. Luego puedes asarlo en el fuego, ya que vuestros gustos son tan especiales que preferís los alimentos cocidos, y tendréis un desayuno magnífico.

—¡No, por favor, no! —suplicó el Leñador de Hojalata—. Me harás llorar si matas a un pobre cervatillo, y mis mandíbulas volverán a oxidarse.

Pero el León desapareció en el bosque y encontró su propia cena, si bien no se supo en qué consistió, pues nunca lo mencionó. El Espantapájaros descubrió un árbol repleto de nueces y llenó con ellas la cesta de Dorothy, para que no pasara hambre durante algún tiempo. A ella le pareció un gesto muy amable por parte del Espantapájaros, aunque se partía de risa viendo cómo el pobre personaje cogía las nueces. Sus manos almohadilladas eran tan torpes, y las nueces tan pequeñas, que se caían muchas más al suelo que las que lograba meter en la cesta. Pero al Espantapájaros no le importaba permanecer mucho rato dedicado a recogerlas y meterlas en la bolsa, pues esta tarea le permitía mantenerse alejado del fuego, ¡y tenía tanto miedo de que una chispa saltase a su paja y le quemase! Así, pues, guardó una prudencial distancia de las llamas, y sólo volvió para cubrir a Dorothy con hojas secas cuando se quedó dormida. Gracias a esto, la niña se mantuvo abrigada y calentita, y durmió de un tirón hasta la mañana siguiente.

En cuanto se hizo de día, Dorothy se lavó en un arroyuelo cercano y, poco después, se encaminaban todos hacia la Ciudad de las Esmeraldas.

Aquel día iba a estar repleto de acontecimientos para los viajeros. Apenas habían andado una hora, cuando vieron delante de ellos un profundo barranco que atravesaba el camino y dividía el bosque hasta donde alcanzaba la vista. Era un barranco muy ancho y, al llegar al borde, descubrieron que el fondo estaba lleno de grandes y puntiagudas rocas. Las paredes eran tan escarpadas que nadie podía descender por allí, y por un momento temieron que su viaje hubiese finalizado.

—¿Qué podemos hacer? —preguntó Dorothy, desesperada.

—No tengo ni la menor idea —dijo el Leñador de Hojalata, mientras el León sacudía su lanuda melena con cara de preocupación. Pero el Espantapájaros dijo:

—Es evidente que no podemos volar. Tampoco podemos descender a ese barranco tan hondo. Por lo tanto, si no hay manera de saltar al otro lado, debemos quedarnos donde estamos.

—Creo que yo podría saltarlo —dijo el León Cobarde, tras medir la distancia con atención.

—Entonces estaremos salvados —señaló el Espantapájaros—. Tú puedes pasarnos uno a uno cabalgando sobre tus lomos.

—Bueno, lo intentaré —dijo el León—. ¿Quién irá el primero?

—Seré yo —declaró el Espantapájaros—. Porque si no consiguiese salvar el abismo, Dorothy se mataría, y el Leñador de Hojalata se haría pedazos contra los peñascos del fondo. Sin embargo, si me caigo yo, no importará demasiado, pues no me haré daño.

—El que tiene miedo de caer soy yo —confesó el León Cobarde—, pero supongo que no me queda más remedio que intentarlo. Así que súbete a mi espalda y veamos qué pasa.

El Espantapájaros tomó asiento sobre sus lomos, y el majestuoso felino se acercó al borde del barranco y se agachó para impulsarse.

—¿Por qué no tomas carrerilla y saltas? —sugirió el Espantapájaros.

—Porque los leones no hacemos las cosas de esa manera —contestó el animal.

Y dando un gran salto, se lanzó a través del aire y aterrizó sano y salvo al otro lado. Los demás se alegraron al ver lo fácil que había resultado la maniobra, y en cuanto el Espantapájaros desmontó, el León Cobarde volvió a cruzar entonces el barranco de un salto.

Dorothy decidió ser la siguiente. Tomó en brazos a *Totó* y montó en el León, agarrándose fuertemente a su melena con una mano. Al instante tuvo la sensación de volar por los aires, y luego, antes de que hubiera tenido tiempo de reflexionar sobre ello, se encontró posada al otro lado. El León regresó por tercera vez y transportó al Leñador de Hojalata, y por fin, se sentaron todos para dar al felino la oportunidad de descansar y reponerse, pues con tanto salto estaba sin aliento y jadeaba como un perro que hubiese estado corriendo durante varios kilómetros.

En aquella parte el bosque se hizo espeso y tenebroso. Después de que el León hubo descansado, continuaron por el camino de ladrillos amarillos. Cada cual se preguntaba silenciosamente si alguna vez dejarían atrás el oscuro bosque y contemplarían de nuevo la luz del sol. Para mayor preocupación, no tardaron en escuchar extraños sonidos en las profundidades del bosque, y el León les informó, con un susurro, que se trataba de los Kalidahs, que vivían en aquella región.

—Son unas bestias monstruosas, con cuerpo de oso y cabeza de tigre —informó el León—. Sus garras son tan largas y afiladas que podrían partirme en dos con la misma facilidad con que yo despedazaría a *Totó*. Los Kalidahs me producen un miedo espantoso.

—No me sorprende que lo tengas —replicó Dorothy—. Deben ser unas bestias terroríficas.

El León estaba a punto de contestar cuando, de improviso, apareció otro abismo interrumpiendo el camino, pero éste era tan ancho y profundo que el felino comprendió en el acto la imposibilidad de cruzarlo.

Se sentaron a considerar lo que convenía hacer y, después de reflexionar seriamente, dijo el Espantapájaros:

—Hay un árbol muy alto cerca del abismo. Si el Leñador de Hojalata logra derribarlo de manera que caiga al otro lado, podremos pasar sin dificultad por encima de él.

—Es una gran idea —dijo el León—. Cualquiera diría que tienes sesos en la cabeza, en lugar de paja.

El Leñador puso manos a la obra, y como su hacha estaba tan afilada, pronto estuvo el árbol casi abatido. Entonces, el León apoyó sus robustas patas delanteras contra el tronco, empujó con toda su fuerza y, lentamente, el árbol se inclinó y cayó con gran estrépito a través del barranco, con la copa en el otro extremo del abismo.

En cuanto empezaron a cruzar el improvisado puente, un escalofriante gruñido les hizo levantar la vista y, con gran horror, descubrieron que venían corriendo hacia ellos dos imponentes bestias con cuerpo de oso y cabeza de tigre.

—¡Son los Kalidahs! —exclamó el León Cobarde, echándose a temblar.

—¡Rápido! —gritó el Espantapájaros—. ¡Crucemos!

Dorothy lo hizo en primer lugar, transportando a *Totó* en brazos. A continuación pasó el Leñador de Hojalata, seguido del Espantapájaros. El León, a pesar del temor que sentía, se quedó atrás para hacer frente a los monstruos y soltó un rugido tan pavoroso que Dorothy chilló y el Espantapájaros se cayó de espaldas, e incluso los dos horribles monstruos se detuvieron y le miraron completamente desconcertados.

Sin embargo, al darse cuenta de que eran más corpulentos que el León, y que además eran dos contra uno, los Kalidahs continuaron avanzando. El León cruzó el árbol y se volvió a mitad del camino para ver si le perseguían. Los monstruos no se amedrentaron y se disponían a cruzar también por el tronco del árbol, por lo que el León dijo a Dorothy:

—Estamos perdidos. Los Kalidahs nos harán pedazos con sus garras. De todos modos manteneos detrás de mí, que yo lucharé con ellos mientras me quede vida.

—¡Espera un minuto! —gritó el Espantapájaros.

Había estado pensando sobre lo que convenía hacer y pidió al Leñador de Hojalata que cortase el extremo del árbol que descansaba en aquella parte del abismo. El Leñador de Hojalata utilizó con rapidez el hacha y, en el preciso instante en que los Kalidahs se acercaban por el tronco, el árbol cayó con estruendo al barranco y arrastró consigo a las dos horribles bestias, que se estrellaron contra las puntiagudas rocas del fondo.

—Bueno —dijo el León Cobarde, soltando un largo suspiro de alivio—. Por lo que veo, vamos a continuar con vida un poco más, y me alegro, porque debe ser muy desagradable estar muerto. Esas criaturas me han asustado tanto, que el corazón casi se me sale por la boca.

—¡Ojalá tuviese yo corazón para asustarme! —dijo el Leñador de Hojalata con tristeza.

Esta aventura consiguió que los viajeros se sintieran más ansiosos que antes por abandonar el bosque y caminaron tan aprisa que Dorothy se fatigó y tuvo que montar a lomos del León. Para gran alegría de la compañía, el bosque iba clareando según avanzaban, y por la tarde se encontraron ante un ancho río cuyas aguas fluían rápidas y turbulentas a pocos pasos de sus pies. En la orilla de enfrente, el camino de ladrillos amarillos proseguía a través de un paisaje encantador, lleno de verdes prados salpicados de flores, y a ambos lados del sendero crecían árboles cargados de deliciosas frutas. Les pareció maravilloso contemplar un paraje tan extraordinario delante de ellos.

—¿Cómo atravesaremos el río? —preguntó Dorothy.

—Eso está hecho —contestó el Espantapájaros—. El Leñador de Hojalata puede construir una balsa que nos permita alcanzar la otra orilla.

El Leñador de Hojalata cogió su hacha y empezó a cortar árboles pequeños para construir la balsa. Mientras estaba ocupado en esta tarea, el Espantapájaros encontró un árbol repleto de fruta, lo cual alegró a Dorothy, que en todo el día no había comido más que nueces y ahora pudo darse un banquete de fruta fresca y sabrosa.

Pero la construcción de una balsa requiere su tiempo, aunque uno sea tan trabajador y mañoso como el Leñador de Hojalata, y cuando llegó la noche, todavía no estaba terminada. Por lo tanto, buscaron un lugar acogedor entre los árboles y durmieron allí hasta la mañana siguiente. Dorothy soñó con la Ciudad de las Esmeraldas y con el Gran Mago de Oz, que pronto la devolvería a su casa de Kansas.

Capítulo VIII

El mortífero campo de amapolas

NUESTRO PEQUEÑO GRUPO de viajeros se despertó temprano, descansado y lleno de esperanzas. Dorothy desayunó como una princesa, melocotones y ciruelas de los árboles que crecían a la orilla del río. Detrás de ellos quedaba el tenebroso bosque que, felizmente, habían abandonado sanos y salvos, después de haber sufrido graves contratiempos. Ahora, en cambio, se extendía delante de ellos un mundo soleado y encantador que parecía invitarles a proseguir hacia la Ciudad de las Esmeraldas.

Por el momento, el ancho río les separaba todavía del hermoso territorio, pero la balsa estaba casi terminada y, en cuanto el Leñador de Hojalata hubo cortado algunos troncos más y sujetado todos ellos con travesaños de madera, pudieron prepararse para partir. Dorothy se sentó en el centro de la balsa, con *Totó* en sus brazos. Cuando el León Cobarde plantó sus patas, la balsa se ladeó peligrosamente debido a lo grande y pesado que era el felino, pero el Espantapájaros y el Leñador de Hojalata se sentaron en el otro extremo para equilibrarla y con largas pértigas empujaron la balsa a través de las aguas.

Al principio todo parecía tranquilo, pero cuando llegaron al centro del río fueron arrastrados por la corriente, alejándoles cada vez más del camino de ladrillos amarillos. Además, el río se hizo tan profundo que las pértigas no tocaban ya el fondo.

—Esto se pone feo —dijo el Leñador de Hojalata—. Si no alcanzamos la orilla seremos arrastrados hasta el país de la Malvada Bruja del Oeste, que nos hechizará y nos convertirá en sus esclavos.

—Y yo me quedaré sin sesos —dijo el Espantapájaros.

—Y yo nunca tendré valor —se lamentó el León Cobarde.

—Y yo no conseguiré un corazon —añadió el Leñador de Hojalata, suspirando tristemente.

—Y yo no volveré jamás a Kansas —gimió Dorothy.

—¡Es preciso que lleguemos a la Ciudad de las Esmeraldas! —exclamó el Espantapájaros, y dio un empujón tan fuerte con su pértiga que se le enganchó en el fango del fondo, y antes de que pudiera soltarla, la balsa fue empujada río abajo y el pobre Espantapájaros se quedó colgando del palo en medio del río.

-¡Adiós! —gritó a sus amigos, que sintieron una enorme pena por dejarle allí.

El Leñador de Hojalata rompió a llorar, pero recordó a tiempo que se podía oxidar, y secó sus lágrimas con el delantal de Dorothy.

Desde luego, la situación del pobre Espantapájaros era muy grave.

«Me veo peor que cuando conocí a Dorothy —pensó—. Entonces estaba clavado en un maizal, donde al menos podía espantar a los cuervos y a las cornejas, pero no es una situación muy apropiada para mí estar clavado en un palo en medio de un río. ¡Y nunca llegaré a tener sesos!»

La balsa flotaba empujada por la corriente, y el desgraciado Espantapájaros estaba cada vez más lejos. Entonces dijo el León:

—Hemos de hacer algo para salvarnos. Creo que puedo nadar hasta la orilla y remolcar la balsa si os agarráis a la punta de mi rabo.

El León Cobarde saltó al agua y el Leñador de Hojalata se sujetó con fuerza a su rabo, en tanto el felino nadaba arrastrando todo el peso hacia la orilla. Era una tarea titánica, incluso para un animal tan grande, pero poco a poco consiguió apartar la balsa de la corriente. Dorothy ayudó empujando con la pértiga del Leñador de Hojalata, y por fin alcanzaron la orilla.

Estaban agotados y se echaron a descansar sobre la verde hierba. Sabían que el río les había conducido bastante lejos del camino de ladrillos amarillos en cuya meta se encontraba la Ciudad de las Esmeraldas.

—¿Qué haremos ahora? —preguntó el Leñador de Hojalata, mientras el León yacía sobre la hierba, tomando el sol para secarse.

—De alguna manera tendremos que regresar al camino —dijo Dorothy.

—Lo mejor será caminar por la orilla hasta encontrarlo —opinó el León.

Así, pues, en cuanto se sintieron descansados, Dorothy cogió su cesta y emprendieron la marcha a lo largo de la herbosa ribera para retomar el camino del que la corriente del río les había alejado. Era un paisaje reconfortante, lleno de flores y árboles frutales animados por los rayos del sol. Y de no haber estado tan preocupados por el pobre Espantapájaros se habrían sentido muy felices.

Avanzaban tan aprisa como podían. Dorothy se detuvo sólo una vez para arrancar una florecilla muy bonita. Al cabo de un rato, el Leñador de Hojalata exclamó:

—¡Mirad!

Miraron hacia el río y vieron al Espantapájaros colgado de su palo en medio del agua. Parecía muy triste y abatido.

—¿Qué podemos hacer para salvarle? —preguntó Dorothy.

El León y el Leñador movieron sus cabezas, dando a entender que no lo sabían. Se sentaron en la orilla y contemplaron pensativamente al desdichado Espantapájaros hasta que pasó volando una cigüeña que, al verles, se paró de improviso al borde del agua.

—¿Quiénes sois? ¿Y adónde vais? —preguntó la Cigüeña.

—Yo soy Dorothy —contestó la niña—, y éstos son mis amigos, el Leñador de Hojalata y el León Cobarde. Vamos a la Ciudad de las Esmeraldas.

—Éste no es el camino —dijo la Cigüeña torciendo su largo cuello y mirando fijamente al extraño grupo.

—Ya lo sé —replicó Dorothy—, pero hemos perdido al Espantapájaros y estamos pensando qué podemos hacer para ayudarle.

—¿Dónde está? —preguntó la Cigüeña.

—Allá arriba, en el río —contestó la niña.

—Si no fuera tan grande y pesado, creo que podría traerle —observó la Cigüeña.

—Pero . . . ¡si no pesa nada! —explicó la niña con impaciencia—. Está relleno de paja, y si nos lo traes, te quedaremos eternamente agradecidos.

—Está bien; lo intentaré —dijo la Cigüeña—. Pero si pesa demasiado tendré que dejarlo caer de nuevo al agua.

El enorme pajarraco se elevó por los aires y voló por encima del agua, hasta llegar al sitio en el que se encontraba el Espantapájaros, encaramado sobre su palo. La Cigüeña asió con sus grandes garras el brazo del muñeco de paja y lo transportó de regreso a la orilla, donde Dorothy, el León, el Leñador de Hojalata y Totó le esperaban sentados.

Al verse de nuevo entre sus amigos, le entró una alegría desbordante y abrazó a todos, incluidos el León y Totó, y a cada paso que daba, el Espantapájaros cantaba Tol-de-ri-de-oh, de tan contento que se sentía.

—Temí quedarme en el río para siempre —dijo—, pero la amable Cigüeña me salvó, y si alguna vez consigo un poco de cerebro, la buscaré para demostrarle mi agradecimiento.

—Eso está bien —dijo la Cigüeña, que volaba a su lado—. Yo siempre ayudo a los que se encuentran en apuros. Pero ahora tengo que marcharme, ya que mis bebés me esperan en el nido. Deseo que encontréis la Ciudad de las Esmeraldas y que Oz os ayude.

—¡Gracias! —exclamó Dorothy.

Un instante después, la simpática Cigüeña levantó el vuelo y se perdió de vista.

Continuaron su camino escuchando el canto de los pájaros multicolores y apreciando el encanto de las flores, ahora tan abundantes que el suelo parecía alfombrado. Había allí capullos amarillos, blancos, azules y púrpuras, además de grandes macizos de amapolas rojas, de un tono tan brillante que deslumbraba a Dorothy.

—¿Verdad que son preciosas? —preguntó la niña, aspirando el aromático perfume de las flores.

—Supongo que sí —contestó el Espantapájaros—. Cuando tenga sesos, seguramente podré apreciarlas mejor.

—Y si yo tuviera corazón las encontraría encantadoras —añadió entonces el Leñador de Hojalata.

—A mí siempre me han asustado las flores —comentó el León—. ¡Parecen tan frágiles y desvalidas! Pero en el bosque no hay ninguna tan brillante como éstas.

Según avanzaban, aumentaba el número de las amapolas escarlatas y se reducía el de las otras flores, hasta que, de repente, se encontraron en medio de una inmensa pradera de amapolas. Como se sabe, allí donde crecen muchas de estas flores juntas, su aroma es tan intenso y poderoso que quien lo respira cae dormido, y si no se lo llevan de allí, duerme y duerme para siempre. Pero Dorothy no lo sabía, aparte de que tampoco podía alejarse de aquellas amapolas rojas y brillantes que crecían por todas partes. Consecuentemente, los párpados empezaron a pesarle y sintió un deseo incontenible de tumbarse y dormir.

Pero el Leñador de Hojalata no estaba dispuesto a consentirlo.

—¡Tenemos que darnos prisa y regresar al camino de ladrillos amarillos antes de que oscurezca! —exclamó, y el Espantapájaros estuvo de acuerdo con él.

Así, pues, continuaron andando hasta que Dorothy no pudo más. Los ojos se le cerraron en contra de su voluntad y, olvidando donde estaba, cayó entre las amapolas, dormida como un tronco.

—¿Qué podemos hacer ahora? —preguntó el Leñador de Hojalata.

—Si la dejamos aquí morirá —dijo el León—. El olor de estas flores nos matará a todos. Yo mismo apenas puedo mantener los ojos abiertos, y el perro se ha dormido ya.

Era cierto; *Totó* yacía enroscado junto a su amita. El Espantapájaros y el Leñador de Hojalata, como no eran de carne y hueso, no tenían problemas con el aroma de las flores.

—Sal corriendo —dijo el Espantapájaros al León—, y deja atrás este mortífero campo de amapolas lo antes posible. Nosotros llevaremos a la niña y al perro, pero si tú caes dormido, no podremos contigo.

El León se levantó y se alejó tan rápido como le fue posible. En un momento se perdió de vista.

—Hagamos una silla con nuestras manos y subámosla encima —propuso el Espantapájaros.

Alzaron a *Totó* y lo colocaron en el regazo de Dorothy. Luego, formaron una silla con sus manos y brazos y transportaron a la niña dormida a través del campo de amapolas.

Anduvieron largo rato, pero parecía que aquella gran alfombra de mortíferas flores no tenía final. Siguieron el recodo del río y, por fin, encontraron a su amigo el León completamente dormido entre las amapolas. Las flores habían sido demasiado poderosas para el enorme felino, que había terminado por caer al suelo cuando ya le quedaba poco para alcanzar la dulce y fresca hierba que se extendía en verdes campos delante de ellos.

—No podemos hacer nada por él —dijo tristemente el Leñador de Hojalata—. Pesa demasiado para nosotros. Tenemos que abandonarle aquí, durmiendo para siempre. Quizá sueñe que encontró por fin el valor que le hacía falta.

—Lo siento —dijo el Espantapájaros—. El León era un excelente compañero, a pesar de su cobardía. Pero sigamos nuestro camino.

Llevaron a la niña dormida a un hermoso lugar junto al río, suficientemente alejado del campo de amapolas, para impedir que respirase más el veneno de las flores. La acostaron gentilmente sobre la blanda hierba y aguardaron a que la fresca brisa la despertara.

Capítulo IX

La Reina de los Ratones de Campo

N O DEBEMOS ESTAR lejos del camino de ladrillos amarillos —observó el Espantapájaros, de pie junto a la niña—, pues hemos adelantado casi tanto como el río nos alejó.

El Leñador de Hojalata iba a responderle, cuando percibió un siniestro gruñido, y al girar su cabeza (cuyos goznes funcionaban ahora perfectamente) vio que una extraña bestia se aproximaba saltando por la hierba. Era un voluminoso gato salvaje de color amarillo, y el Leñador pensó que debía ir a la caza de algo, porque tenía las orejas pegadas a la cabeza, y su boca, abierta, mostraba dos filas de horribles dientes, mientras que los ojos le brillaban como dos bolas de fuego. Cuando estuvo más cerca, el Leñador de Hojalata observó que corriendo delante de la fiera iba un pequeño ratón de campo de color gris, y, aunque no tenía corazón, sabía que no era justo que el gato salvaje intentase matar a tan bonita e indefensa criatura.

El Leñador de Hojalata alzó su hacha, y, cuando el gato salvaje pasó a su lado, le atizó un golpe tan certero que la fiera cayó a sus pies.

El ratón de campo, al verse libre de su enemigo, se paró en seco y avanzó despacio hacia el Leñador, dirigiéndose a él con una vocecilla chillona:

—¡Oh, gracias! ¡Muchas gracias por salvarme la vida!

—No merece la pena que lo menciones, te lo ruego —replicó el Leñador—. No tengo corazón, ¿sabes?, así que procuro ayudar a todos aquellos que necesitan un amigo, aunque se trate sólo de un ratón.

—¿Sólo un ratón? —chilló el diminuto animal, indignado—. ¡Yo soy la Reina! ¡La Reina de los Ratones de Campo!

—Oh, lo siento —se disculpó el Leñador, haciendo una reverencia.

—De cualquier forma, al salvar mi vida has demostrado ser un valiente y has realizado una gran hazaña —añadió la Reina.

En aquel mismo momento aparecieron varios ratones corriendo todo lo aprisa que sus pequeñas patitas les permitían, y al ver a su Reina exclamaron:

—¡Ay, Majestad, temíamos encontraros muerta! ¿Cómo habéis conseguido escapar con éxito del gran Gato Salvaje?

Y dedicaron unas reverencias tan profundas a su pequeña Reina, que casi dieron con su cabeza en el suelo.

—Este simpático hombre de hojalata ha matado al Gato Salvaje y ha salvado mi vida —explicó la Reina—. Así que, de ahora en adelante, debéis servirle todos y obedecer sus mínimos deseos.

—¡Lo haremos! —gritaron todos los ratones, formando un coro chirriante.

Totó despertó del sueño y, al descubrir tanto ratón a su alrededor, lanzó un ladrido de entusiasmo y saltó en medio del grupo, dispersándolos en todas direcciones. A *Totó* le divertía mucho cazar ratones cuando vivía en Kansas, y no veía mal alguno en ello.

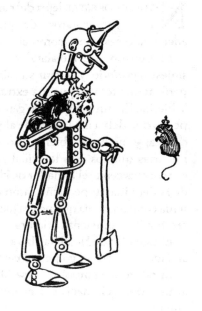

Pero el Leñador de Hojalata agarró al perro con sus brazos y lo sujetó con fuerza mientras llamaba a los ratones.

—¡Volved, volved! *Totó* no os hará daño.

En esto, la Reina de los Ratones sacó su cabeza de entre una mata de hierba y preguntó con tímida voz:

—¿Estás seguro de que no nos morderá?

—No se lo permitiré —dijo el Leñador—, así que no os asustéis.

Los ratones regresaron uno tras otro cautelosamente, y *Totó* no volvió a ladrar, aunque intentaba escaparse de los brazos del Leñador. Le habría propinado un buen mordisco, de no haber sabido porque era de hojalata. Por último, habló uno de los ratones mayores:

—¿Hay alguna cosa que podamos hacer para devolverte el favor que nos has hecho al salvar la vida de nuestra Reina?

—No se me ocurre nada en este momento —respondió el Leñador.

Pero el Espantapájaros, que había estado intentando pensar, aunque no podía porque su cabeza estaba rellena de paja, dijo rápidamente:

—¡Ya sé! Podéis salvar a nuestro amigo, el León Cobarde, que está dormido en el campo de amapolas.

—¡Un León! —chilló la diminuta Reina—. ¡Nos comerá a todos!

—¡No, no! —declaró el Espantapájaros—. Este León es muy cobarde.

—¿De verdad? —preguntó la Reina de los Ratones.

—Él mismo lo reconoce —explicó el Espantapájaros—. Además, no haría daño a ninguno de nuestros amigos. Si nos ayudáis a salvarle, os prometo que os tratará con la mayor amabilidad.

—Muy bien —dijo la Reina—. Confiamos en ti, pero . . . ¿cómo lo vamos a hacer?

—¿Son muchos los ratones que te reconocen como su Reina y están dispuestos a obedecerte?

—¡Miles! —contestó ella.

—Entonces convócales aquí a todos lo antes posible, y que cada cual traiga un trozo largo de cuerda.

La Reina se volvió a los ratones que la rodeaban y les ordenó que fueran en busca de todo su pueblo. Tan pronto como recibieron las instrucciones salieron corriendo en todas direcciones.

—Ahora —dijo el Espantapájaros, dirigiéndose al Leñador de Hojalata—, corta algunos árboles de los que crecen a la orilla del río y construye una carretilla que pueda cargar al León.

El Leñador se puso a trabajar en el acto, y pronto tuvo construida una carretilla con los troncos, de los que cortó las hojas y las ramas. Los sujetó luego con clavos de madera e hizo cuatro ruedas con trozos de un tronco más ancho. Fue tan habilidoso en su trabajo que, cuando empezaron a llegar los ratones, el artefacto estaba ya preparado.

Los ratones llegaron de todas partes, y eran miles: ratones grandes, ratones pequeños y medianos, cada cual con un trozo de cuerda en la boca. Fue entonces cuando Dorothy despertó de su largo sueño y abrió los ojos. Se quedó sorprendidísima al encontrarse tumbada sobre la hierba y rodeada de miles de ratones que la observaban con timidez. Pero el Espantapájaros se lo contó todo, y mirando a la noble Reina agregó:

—Permíteme que te presente a Su Majestad, la Reina de los Ratones de Campo.

La niña saludó muy seria, inclinando la cabeza, y la Reina le devolvió la cortesía.

El Espantapájaros y el Leñador sujetaron los ratones a la carretilla mediante las cuerdas que habían traído. Un extremo de la cuerda era atado al cuello de cada ratón, y el otro a la carretilla. Evidentemente, la carretilla era mil veces mayor que cualquiera de los ratones que tenían que tirar de ella, pero en cuanto estuvieron todos enganchados, pudieron arrastrarla sin dificultad. Incluso el Espantapájaros y el Leñador de Hojalata se sentaron encima y fueron conducidos por estos extraños y diminutos caballitos hasta el lugar donde dormía el León. Después de considerables esfuerzos, pues el León pesaba una enormidad, lograron subirlo a la carretilla. Entonces, la Reina dio orden de partir de allí en seguida, porque temía que los ratones fueran también víctimas del sueño si se demoraban demasiado entre las amapolas.

Al principio, las diminutas criaturas no podían con la pesada carretilla, a pesar de ser tan numerosas, pero el Leñador y el Espantapájaros se colocaron detrás y empujaron, con lo cual todo marchó a la perfección. Pronto, habían sacado al León del mortífero campo de amapolas, y cuando llegaron a los verdes prados pudo respirar el aire fresco de la hierba, en lugar del venenoso aroma de las flores escarlatas.

Dorothy salió a su encuentro y dio las gracias calurosamente a los ratones por haber salvado a su compañero de una muerte segura. Le había cobrado tanto afecto al León que su rescate la colmaba de felicidad.

Después fueron desenganchados los ratones de la carretilla y desaparecieron por la hierba rumbo a sus hogares. La Reina de los Ratones fue la última en partir.

—Si alguna vez volvéis a necesitarnos —dijo—, venid al campo y llamadnos, que acudiremos en seguida en vuestro auxilio. ¡Adiós!

—¡Adiós! —respondieron todos, y la Reina echó a correr, mientras Dorothy mantenía agarrado a *Totó* para que no se le ocurriera salir detrás de ella y asustarla.

Después se quedaron sentados junto al León, esperando que se despertara. El Espantapájaros trajo a Dorothy algunas frutas de un árbol cercano que le sirvieron de almuerzo.

Capítulo X

El Guardián de las Puertas

PASÓ UN BUEN rato antes de que el León Cobarde se despertara, ya que había pasado mucho tiempo entre las amapolas, respirando su mortífera fragancia. Pero cuando abrió los ojos y bajó de la carretilla se mostró radiante de alegría por estar todavía vivo.

—Corrí todo lo que pude —dijo, sentándose y bostezando—, pero el olor de las flores era demasiado fuerte para mí. ¿Cómo conseguisteis sacarme de allí?

Le contaron todo lo que había sucedido con los ratones de campo, y cómo éstos le habían salvado tan generosamente la vida. El León Cobarde se echó a reír y dijo:

—Siempre me he tenido por un animal grande y terrible, y sin embargo, unas cosas tan insignificantes como las flores casi me matan, y luego, unos diminutos ratones me salvan la vida. ¿Verdad que resulta curioso? Pero, compañeros, ¿qué vamos a hacer ahora?

—Vamos a continuar el viaje hasta que lleguemos al camino de ladrillos amarillos —dijo Dorothy—. Entonces podremos alcanzar la Ciudad de las Esmeraldas.

Como el León estaba ya fresco y se sentía tan bien como antes, reemprendieron la marcha. Era muy agradable caminar sobre la verde y blanda hierba, y no tardaron en descubrir el camino de ladrillos dorados que llevaba a la Ciudad de las Esmeraldas, donde gobernaba el Mago de Oz.

El camino era ahora liso y bien pavimentado, y el paisaje que les rodeaba era precioso, por lo que los viajeros se alegraron de haber dejado atrás el bosque y los numerosos peligros que acechaban entre sus fantasmales sombras. De nuevo vieron vallas levantadas a ambos lados del sendero, esta vez pintadas de verde, y cuando llegaron a una pequeña casita habitada por un granjero, también la encontraron pintada de verde. Pasaron varias de estas casas durante la tarde, y muchas veces la gente se asomaba a la puerta y les miraba como si quisieran preguntarles algo. Pero nadie se acercó a ellos, ya que el León les producía mucho miedo. Toda la gente iba vestida de un bonito color verde esmeralda y llevaba sombreros tan puntiagudos como los de los Munchkins.

—Éste debe ser el país de Oz —dijo Dorothy—. Seguramente estamos cerca de la Ciudad de las Esmeraldas.

—En efecto —afirmó el Espantapájaros—. Aquí todo es verde, mientras que en el país de los Munchkins el color favorito era el azul. Sin embargo, la gente no parece tan simpática como los Munchkins y me preocupa que no encontremos un sitio para pasar la noche.

—A mí me gustaría comer algo además de la fruta —dijo la niña—, y Totó debe estar hambriento. Detengámonos en la próxima casa y hablemos con la gente.

Así, pues, cuando llegaron a una granja algo más grande que las demás, Dorothy se acercó resueltamente a la puerta y llamó. Una mujer abrió lo justo para echar una ojeada y preguntó:

—¿Qué quieres, niña? ¿Y por qué te acompaña ese León tan grande?

—Nos gustaría pasar la noche en su casa, si usted nos lo permite —contestó Dorothy—. El León es mi amigo y mi compañero, y por nada del mundo les haría daño.

—¿Es manso? —preguntó la mujer, abriendo un poco más la puerta.

—¡Oh, sí! —dijo la niña—. Además es un completo cobarde y tendrá más miedo de ustedes que ustedes de él.

—Está bien —dijo la mujer después de reflexionar y lanzar otra ojeada al León—. En ese caso podéis entrar. Os daré algo de cenar y un sitio para dormir.

Entraron en la casa. Además de la mujer había dos niños y un hombre. Éste tenía la pierna herida y yacía en un lecho colocado en un rincón. Parecieron extrañarse al ver llegar a un grupo tan extraordinario. Mientras la mujer preparaba la cena, el hombre preguntó:

—¿Adónde vais?

—A la Ciudad de las Esmeraldas —contestó Dorothy—. A ver al Gran Mago de Oz.

—¿De verdad? —exclamó el hombre—. ¿Estáis seguros de que os recibirá?

—¿Por qué no? —preguntó Dorothy.

—Porque se dice que jamás permite a nadie la entrada a sus aposentos. Yo he estado muchas veces en la Ciudad de las Esmeraldas, y, en efecto, es un lugar maravilloso, pero nunca me han permitido ver al Gran Oz, ni conozco a nadie que lo haya visto.

—¿Es que no sale nunca? —preguntó el Espantapájaros.

—Nunca. Día tras día permanece en el gran Salón del Trono de su palacio, y ni siquiera quienes le sirven se han visto cara a cara con él.

—¿Cómo es? —preguntó la niña.

—Eso es muy difícil de explicar —respondió pensativo el hombre—. Mira, Oz es un Gran Mago y puede adquirir la forma que desee. Hay quien afirma que es un pájaro, otros que es una especie de elefante, y algunos más, que se parece a un gato. Aparte de esto, hay quien ha dicho que se aparece como un hada fascinadora o como un duende, o cualquier otra forma que le plazca. Pero cómo es Oz realmente, cuando adopta su propia forma, ninguna persona viviente podría decirlo.

—¡Qué cosa más extraña! —exclamó Dorothy—. Sin embargo, nosotros tenemos que intentar verle. De lo contrario nuestro viaje no habrá servido para nada.

—¿Y para qué queréis ver al terrible Oz? —preguntó el hombre.

—Yo quiero pedirle un poco de sesos —dijo ansiosamente el Espantapájaros.

—¡Ah! Eso le resultaría bastante fácil a Oz —declaró el hombre—. Él tiene sin duda más cerebro del que necesita.

—Pues yo quiero pedirle un corazón —dijo el Leñador de Hojalata.

—Tampoco será ningún problema —continuó el hombre—. Oz tiene una gran colección de corazones de todos los tamaños y formas.

—Yo quiero pedirle un poco de valor —confesó el León Cobarde.

—Oz guarda un gran caldero lleno de valor en su Salón del Trono —dijo el hombre—. Está cubierto con una tapadera de oro, para que no se salga. Se alegrará de poder darte un poco.

—Yo quiero pedirle que me envíe a Kansas —intervino Dorothy.

—¿Kansas? —preguntó sorprendido—. ¿Dónde está ese lugar?

—No lo sé —contestó Dorothy, apenada—. Pero yo vivo allí y tiene que estar en alguna parte.

—Es muy probable. Si Oz puede hacer cualquier cosa, supongo que también encontrará Kansas. Pero antes tenéis que verle, y eso va a ser lo más difícil, porque al Gran Mago no le gusta recibir a nadie. Es un ser muy especial. Y tú, ¿qué quieres? —continuó el hombre, dirigiéndose a Totó.

Totó se limitó a mover la cola, porque, aunque parezca extraño, no podía hablar.

La mujer les anunció que la cena estaba ya preparada, de modo que todos se sentaron alrededor de la mesa y Dorothy se comió un delicioso plato de gachas y huevos revueltos con pan blanco que saboreó con placer. El León comió un poco de gachas, pero no le gustaron porque, según él, estaban hechas con avena, y la avena es comida de caballos y no de leones. El Espantapájaros y el Leñador de Hojalata no comieron nada. La mujer ofreció a Dorothy una cama y *Totó* se acostó a su lado, mientras que el León se sentó delante de la puerta de la habitación para que nadie le molestara. El Espantapájaros y el Leñador de Hojalata se instalaron en un rincón y guardaron silencio toda la noche, pese a que ellos no dormían.

A la mañana siguiente, tan pronto como salió el sol reemprendieron el viaje y no tardaron en distinguir un precioso resplandor verde en el cielo, a poca distancia de donde se encontraban.

—Tiene que ser la Ciudad de las Esmeraldas —dijo Dorothy.

A medida que avanzaban, el resplandor verde se hacía más intenso. Parecía que el viaje estaba a punto de finalizar y, sin embargo, se hizo ya la tarde antes de que llegaran a la muralla que circundaba la Ciudad. Era alta y maciza, y de un brillante color verde.

Frente a ellos, en el extremo del camino de ladrillos amarillos, había una puerta monumental adornada con esmeraldas que centelleaban de tal forma a la luz del sol, que hasta los pintados ojos del Espantapájaros quedaron deslumbrados por su fulgor.

Junto a la puerta había un timbre. Dorothy pulsó el botón y se escuchó un tintineo cristalino. Después, la magnífica puerta se abrió lentamente. Cruzaron el umbral y se encontraron en un salón de alta bóveda, cuyas paredes resplandecían a causa de las incontables esmeraldas incrustadas en ellas.

Entonces apareció un hombrecillo del tamaño de los Munchkins. Iba completamente vestido de verde; incluso su piel tenía un tinte verdoso. A su lado había una voluminosa caja verde.

Al ver a Dorothy y a sus acompañantes, el hombre preguntó:

—¿Qué buscáis en la Ciudad de las Esmeraldas?

—Hemos venido hasta aquí para ver al Gran Oz —contestó Dorothy.

El hombre mostró un gesto de sorpresa ante esta respuesta, y se sentó para reflexionar.

—Hace muchos años que nadie me pedía ver a Oz —dijo moviendo la cabeza con perplejidad—. Él es muy poderoso y terrible, y si venís a pedirle algo inútil o disparatado que interrumpa las sabias meditaciones de un Gran Mago, puede enfurecerse y destruiros a todos en un instante.

—Pero no se trata de ningún capricho disparatado, o de algo inútil —replicó el Espantapájaros—, sino de algo muy importante. A nosotros nos han dicho que Oz es un buen mago.

—Y lo es —dijo el hombrecillo verde—. Gobierna la Ciudad de las Esmeraldas con sabiduría y justicia, pero se muestra implacable con aquellos que no son honestos, o que se aproximan a él guiados por la curiosidad. Hasta ahora han sido muy pocos los que se han atrevido a ver su rostro. Yo soy el Guardián de las Puertas y, dado que solicitáis ver al Gran Oz, mi deber es conduciros a su palacio. Pero antes tenéis que poneros gafas.

—¿Gafas? ¿Por qué? —preguntó Dorothy.

—Porque si no lleváis gafas, el resplandor y la gloria de la Ciudad de las Esmeraldas os cegarán.

Abrió la gran caja y Dorothy vio que estaba llena de gafas de todos los tamaños y formas, con los cristales verdes. El Guardián encontró unas adecuadas para Dorothy y las colocó sobre sus ojos. Dos cintas de oro sujetaban las gafas a la parte posterior de su cabeza, donde quedaban cerradas mediante una pequeña llave que colgaba en el extremo de una cadena que el Guardián de las Puertas llevaba alrededor del cuello. Una vez puestas, Dorothy no podría quitárselas aunque quisiera, y, además, no tenía ninguna gana de quedarse ciega debido al resplandor de la Ciudad de las Esmeraldas, de modo que no dijo nada.

A continuación, el hombrecillo verde buscó gafas para todos los otros.

El Guardián de las Puertas se puso sus propias gafas y les anunció que estaba dispuesto a mostrarles el camino del palacio. Tomó una gran llave de oro que colgaba de un gancho y abrió la otra puerta. Le siguieron a través de ella, y se encontraron en las calles de la Ciudad de las Esmeraldas.

Capítulo XI

La maravillosa Ciudad de las Esmeraldas

A PESAR DE QUE los ojos estaban protegidos por las gafas verdes, Dorothy y sus amigos quedaron deslumbrados por el resplandor de la maravillosa Ciudad. Bordeaban las calles unas preciosas casas construidas con mármol verde y con incrustaciones de centelleantes esmeraldas. Se caminaba sobre un pavimento del mismo mármol verde, y en las juntas de los bloques había hileras de esmeraldas que refulgían a la luz del sol. Los cristales de las ventanas también eran verdes. Incluso el cielo tenía un tono verde por encima de la Ciudad, al igual que los rayos del sol.

Había mucha gente por las calles: hombres, mujeres y niños, vestidos todos de verde y con la piel igualmente verdosa. Miraban a Dorothy y su variopinta y extraña compañía con ojos llenos de asombro, y los niños corrían a esconderse detrás de sus madres al ver al León, pero nadie les dirigió la palabra. Había muchas tiendas, y Dorothy se fijó en que todo lo expuesto en los escaparates era verde. Caramelos verdes y palomitas de maíz verdes se ofrecían al público, de la misma forma que zapatos verdes, sombreros verdes y vestidos verdes de todas las tallas. En un determinado lugar un hombre vendía limonada verde y Dorothy comprobó que los niños pagaban con monedas verdes.

No se veían caballos ni animales de cualquier otra clase. Los hombres llevaban las cosas en unas carretillas verdes que empujaban delante de ellos. Todo el mundo parecía feliz y contento.

El Guardián de las Puertas les condujo a través de las calles hasta llegar a un edificio situado exactamente en el centro de la Ciudad. Era el Palacio de Oz, el Gran Mago. Había un soldado ante la puerta, con uniforme verde y larga barba del mismo color.

—Estos extranjeros —le dijo el Guardián de las Puertas— desean ver al Gran Oz.

—Pasad —contestó el soldado—. Le transmitiré el mensaje.

Traspasaron la puerta del palacio y fueron conducidos a una espaciosa sala de alfombra verde y encantadores muebles con incrustaciones de esmeraldas. Antes de entrar, el soldado les hizo limpiarse los pies en una estera verde, y en cuanto estuvieron sentados les dijo cortésmente:

Por favor, consideraos como en vuestra casa mientras voy a la puerta del Salón del Trono y hago saber a Oz que estáis aquí.

Tuvieron que esperar un buen rato antes de que el soldado regresara. Cuando lo hizo, Dorothy preguntó:

—¿Has visto a Oz?

—¡Oh, no! —contestó el soldado—. Nunca le he visto. Pero le he hablado a través del biombo que le cubre y le he comunicado vuestro mensaje. Dice que os concederá una audiencia si así lo deseáis, pero cada uno de vosotros debe entrar a solas y no admitirá más de una visita al día. Por lo tanto, dado que tendréis que permanecer en palacio durante varios días, os mostraré las habitaciones donde podréis descansar confortablemente de vuestro largo viaje.

—Gracias —dijo la niña—. Es muy amable por parte de Oz.

El soldado tocó un silbato verde y al momento entró en la sala una muchacha joven ataviada con un precioso vestido de seda verde. Tenía también unos encantadores cabellos verdes y ojos del color de las esmeraldas. Hizo una reverencia a Dorothy y dijo:

—Sígueme y te enseñaré tu habitación.

Dorothy se despidió de todos sus amigos, excepto de *Totó*, que cargó en sus brazos, y siguió a la muchacha verde a lo largo de siete corredores y tres tramos de escaleras, hasta llegar a una habitación que daba a la fachada del palacio. Era la habitación más bonita del mundo, con una mullida y confortable cama de sábanas de seda verde y una colcha de suave terciopelo verde. En medio de la habitación había un pequeño surtidor que lanzaba al aire perfume verde, para caer después a una fuente de mármol verde, fantásticamente adornada. En la ventana lucían unas hermosas flores verdes, y una repisa contenía una hilera de pequeños libros del mismo color. Cuando Dorothy tuvo tiempo de hojearlos vio que estaban llenos de curiosas ilustraciones verdes que la hicieron reír, de tan cómicas que eran.

En un armario había muchos vestidos verdes, hechos de seda, satén y terciopelo, todos ellos del tamaño exacto de Dorothy.

—Acomódate como si estuvieras en tu casa —dijo la muchacha verde—, y, si deseas alguna cosa, toca la campanilla. Oz enviará a alguien a buscarte por la mañana.

Dejó sola a la niña y regresó junto a los demás, que fueron conducidos a sus respectivas habitaciones y quedaron todos alojados en una agradable parte del palacio.

Desde luego, tanta cortesía era un derroche para el Espantapájaros, porque en cuanto se encontró a solas en su aposento, se plantó como un monigote en un rincón, al lado de la puerta, en espera de la mañana. Acostarse no significaba descanso para él, y como no podía cerrar los ojos, se pasó toda la noche contemplando a una diminuta araña que tejía su tela en un ángulo de la pared, sin reparar en que era una de las habitaciones más bonitas del mundo.

El Leñador de Hojalata se echó en la cama, llevado más que nada por la fuerza de la costumbre, ya que así lo hacía cuando era de carne y hueso. Pero al no poder conciliar el sueño, pasó la noche moviendo sus articulaciones para asegurarse de que funcionaban a la perfección.

El León Cobarde, por su parte, hubiera preferido un lecho de hojas secas en el bosque, ya que no le hacía mucha gracia estar metido en una habitación. Pero como era demasiado inteligente para permitir que semejante cosa le preocupara, saltó sobre la cama y se enroscó como un gato. En un minuto quedó dormido, roncando con satisfacción.

A la mañana siguiente, después del desayuno, la doncella verde acudió en busca de Dorothy y le puso un precioso vestido de brocado verde. La niña eligió también un delantalito de seda verde y ató una cinta del mismo color al cuello de Totó, antes de salir hacia el Salón del Trono del Gran Mago de Oz.

Llegaron a un amplio vestíbulo donde aguardaban numerosos cortesanos, damas y caballeros, ricamente ataviados. Era gente que no tenía otra cosa que hacer más que cuchichear entre ellos, pero acudían cada mañana para esperar delante del Salón del Trono, aunque nunca les era permitido ver a Oz. Cuando entró Dorothy, todos ellos la miraron con curiosidad, y uno susurró:

—¿De verdad vas a mirar a la cara al Terrible Oz?

—Desde luego —contestó la niña—. Si él quiere verme.

—Te verá —intervino el soldado que había transmitido el mensaje al Mago—, aunque no le gusta recibir a nadie. Al principio se enfadó y dijo que te devolviera al lugar de donde venías. Después me preguntó por tu aspecto, y cuando yo mencioné tus zapatos de plata se mostró muy interesado. Finalmente le expliqué que llevas una marca sobre la frente, y entonces decidió admitirte en su presencia.

De repente sonó una campanilla, y la muchacha verde dijo entonces a Dorothy:

—Es la señal. Debes entrar al Salón del Trono tú sola.

Abrió la puerta y Dorothy penetró con decisión en un lugar fabuloso. Era una enorme sala redonda con el techo abovedado, y tanto las paredes como el techo y el suelo estaban cubiertos de grandes esmeraldas. En el centro de la bóveda había una potente luz, tan brillante como el sol, que hacía lanzar los más fantásticos destellos a las esmeraldas.

Pero lo que más interesó a Dorothy fue el imponente trono de mármol verde que estaba plantado en medio del salón. Tenía la forma de una silla y estaba salpicado de gemas, como todo lo demás. En el centro del trono había una enorme cabeza, sin cuerpo que la soportara, ni brazos, ni piernas. La cabeza no tenía pelo, pero sí ojos, nariz y boca, y era más grande que la cabeza del mayor de los gigantes.

Cuando Dorothy clavó en ella la mirada, asombrada y temerosa, los ojos se movieron lentamente hacia la niña, duros y penetrantes. Luego abrió la boca, y Dorothy escuchó una voz que decía:

—Soy Oz, el Grande y Terrible. ¿Quién eres tú y por qué me buscas?

No era una voz tan tremenda como la que se podía esperar de tan

descomunal cabeza, por lo que hizo acopio de valor y contestó:
—Soy Dorothy, la Pequeña y Humilde. He llegado a ti en busca de ayuda.

Los ojos la miraron pensativamente durante un minuto entero. Después se escuchó la voz:
—¿De dónde has sacado los zapatos de plata?
—Son de la Malvada Bruja del Este. Mi casa cayó sobre ella y la mató —replicó la niña.
—¿Y cómo conseguiste la marca que llevas en la frente? —continuó la voz.
—Cuando la Buena Bruja del Norte me envió a buscarte, me dio como despedida un beso que dejó esta señal —explicó Dorothy.

Los ojos se quedaron de nuevo clavados en ella con severidad, pero comprobaron que la pequeña decía la verdad. Entonces, Oz preguntó:
—¿Qué deseas de mí?
—Que me devuelvas a Kansas, donde viven mi tía Em y mi tío Henry —respondió la niña muy seria—. No me gusta vuestro país, aunque sea tan maravilloso. Estoy segura de que tía Em estará muy angustiada por mi larga ausencia.

Los ojos parpadearon tres veces. Luego subieron hasta el techo, descendieron al suelo y giraron alrededor de una forma tan extraña que parecían abarcar cada rincón del Salón. Por fin se posaron otra vez sobre Dorothy.
—¿Y por qué he de hacer eso por ti? —preguntó Oz.
—Porque tú eres fuerte y yo soy débil; porque tú eres un Gran Mago y yo sólo soy una niña desvalida —respondió ella.
—Sin embargo, fuiste lo suficientemente fuerte para matar a la Malvada Bruja del Este —dijo Oz.
—Eso fue una casualidad —replicó Dorothy con sencillez—. Yo no intervine en ello.
—Bueno —dijo la cabeza—, voy a darte mi respuesta. No tienes derecho a esperar que te devuelva a Kansas mientras no hayas hecho algo por mí. En este país, cada cual tiene que pagar lo que consigue. Si deseas que haga uso de mis poderes mágicos para enviarte a casa, es preciso que empieces por servirme en algo. Ayúdame tú primero, y yo te corresponderé.
—¿Qué debo hacer? —preguntó la niña.
—Matar a la Malvada Bruja del Oeste —contestó Oz.
—¡Pero yo no puedo! —exclamó Dorothy, desconcertada.

—Tú mataste a la Malvada Bruja del Este y llevas sus zapatos de plata, que poseen un gran poder mágico. Ahora sólo queda una Malvada Bruja en toda esta Tierra, y cuando me anuncies que has conseguido darle muerte te devolveré a Kansas, pero no antes. La pobre niña se echó a llorar, desconsolada. Los ojos parpadearon otra vez, mirándola ansiosamente, como si el Gran Oz quisiera darle a entender que podía ayudarle si se lo proponía.

—Yo nunca he matado a nadie voluntariamente —sollozó Dorothy—, y aunque quisiera hacerlo, ¿cómo iba a matar a la Malvada Bruja? Si tú, que eres Grande y Terrible, no puedes matarla, ¿cómo esperas que lo haga yo?

—No lo sé —dijo la cabeza—, pero esa es mi respuesta, y mientras la Malvada Bruja esté con vida, no volverás a ver a tus tíos. Recuerda que la Malvada Bruja es terriblemente perversa y debe ser eliminada. Ahora vete, y no trates de verme hasta que hayas cumplido tu misión.

Dorothy abandonó muy apenada el Salón del Trono y fue a reunirse con sus amigos, que deseaban saber lo que había dicho Oz.

—No hay esperanza para mí —dijo tristemente—, porque Oz no quiere enviarme a casa hasta que haya matado a la Malvada Bruja del Oeste, y eso no podré hacerlo jamás.

Sus compañeros se apenaron mucho, pero no podían hacer nada para ayudarla. Dorothy regresó a su habitación, se acostó y lloró hasta quedar dormida.

A la mañana siguiente, el soldado de barbas verdes se acercó al Espantapájaros y dijo:

—Ven conmigo. Oz me envía a buscarte.

El Espantapájaros le siguió y fue admitido en el gran Salón del Trono, donde vio sentada en el trono de esmeraldas a la más hermosa de las mujeres. Iba vestida de gasa de seda verde y lucía una corona de piedras preciosas sobre sus ensortijados cabellos verdes. De sus hombros crecían unas alas de magnífico colorido, y tan ligeras que se agitaban al más leve soplo de aire.

En cuanto el Espantapájaros se hubo inclinado ante la bellísima criatura, en la medida en que su relleno de paja se lo permitía, ella le miró con dulzura y dijo:

—Soy Oz, el Grande y Terrible. ¿Quién eres tú y por qué me buscas?

El Espantapájaros, que había esperado encontrar la gran cabeza de la que Dorothy le había hablado, se quedó estupefacto. A pesar de ello contestó con valentía:

—No soy más que un Espantapájaros relleno de paja. Por lo tanto, no tengo cerebro, y he venido a pedirte que pongas un poco de sesos en mi cabeza, en lugar de paja, para que pueda llegar a ser como cualquier otro de tus súbditos.

—¿Y por qué he de hacer eso por ti? —preguntó la dama.

—Porque tú eres sabio y poderoso, y nadie más podrá ayudarme —respondió el Espantapájaros.

—Nunca hago favores sin recibir algo a cambio —dijo Oz—. Pero te haré una promesa: si matas a la Malvada Bruja del Oeste te premiaré con un gran cerebro, y será tan bueno, que llegarás a ser el hombre más sabio de toda la Tierra de Oz.

—Creí que habías pedido a Dorothy que matase a la Bruja —dijo el Espantapájaros, sorprendido.

—Así es, ciertamente. No me importa quién la mate. Pero mientras no esté muerta, no te concederé tu deseo. Ahora vete y no vuelvas a molestarme hasta que te hayas ganado ese cerebro que tanto ansías poseer.

El Espantapájaros regresó muy afligido junto a sus amigos, y les contó lo que Oz le había propuesto. Dorothy quedó impresionada al enterarse de que el Gran Mago no se había presentado en forma de cabeza, como lo había hecho con ella, sino como una hermosa dama.

—Es igual —murmuró el Espantapájaros—. La dama necesita tanto un corazón como el Leñador de Hojalata.

Al día siguiente, el soldado de las barbas verdes se dirigió al Leñador de Hojalata y dijo:

—Oz me envía a buscarte. Sígueme.

Así lo hizo el Leñador de Hojalata, y llegó al gran Salón del Trono. No sabía si Oz sería ahora una preciosa dama o una cabeza, aunque prefería que fuese una dama.

«Porque si es la cabeza —pensó—, estoy seguro de que no me concederá lo que deseo, dado que las cabezas no tienen corazón, y no sentirá nada por mí. Pero si es una hermosa dama, le suplicaré que me lo conceda, ya que, según se dice, todas las damas tienen un tierno corazón.»

Pero cuando el Leñador de Hojalata entró en el Salón del Trono no vio la cabeza, ni la dama, porque Oz había adoptado la forma de la más espantosa bestia. Era casi tan grande como un elefante, y el trono verde no parecía ser lo suficientemente duro para sostenerla. La bestia tenía una cabeza semejante a la de un rinoceronte, pero con cinco ojos en la

cara. Cinco largos brazos crecían de su cuerpo, y cinco delgadas y largas piernas. El pelo, espeso y lanudo, cubría todo su cuerpo, de modo que nadie hubiera podido imaginar un monstruo más repelente. Por suerte, el Leñador de Hojalata no tenía corazón en aquel momento porque se le habría disparado por el terror. Al ser de hojalata, el Leñador no tenía miedo, pero se sentía muy decepcionado.

—Soy Oz, el Grande y Terrible —dijo la bestia con una voz que sonaba como un espantoso rugido—. ¿Quién eres tú, y por qué quieres verme?

—Soy un Leñador, y estoy hecho de hojalata. Por consiguiente, no tengo corazón y soy incapaz de amar. Te ruego, pues, que me concedas un corazón para que pueda amar como los demás hombres.

—¿Y por qué habría de hacer eso? —preguntó la bestia.

—Porque te lo ruego, y porque tú eres el único que puede concederme este deseo —contestó el Leñador.

Oz lanzó un débil gruñido al oírle, pero dijo ásperamente:

—Si deseas un corazón tienes que ganártelo.

—¿Cómo? —preguntó el Leñador.

—Ayudando a Dorothy a matar a la Malvada Bruja del Oeste —replicó la bestia—. Cuando la Bruja esté muerta, ven a verme y recibirás el corazón más grande, más amable y cariñoso de toda la Tierra de Oz.

También el Leñador de Hojalata se vio obligado a regresar cabizbajo al lado de sus amigos, y describirles cómo era la horrible bestia que había visto. Todos se quedaron atónitos al conocer las diversas formas que el Gran Mago podía adoptar, y el León dijo:

—Si se ha convertido en una fiera monstruosa, cuando yo vaya a verle rugiré con toda mi fuerza y le asustaré tanto, que me concederá cuanto le pida. Y si es una hermosa dama, fingiré que voy a arrojarme sobre ella para obligarla a complacerme. Pero si es una gran cabeza estará a mi merced, porque la haré rodar por todo el Salón hasta que prometa darnos todo lo que deseamos. De modo que, ¡ánimo, amigos!, porque ahora todo se arreglará.

A la mañana siguiente el soldado de las barbas verdes condujo al León al gran Salón del Trono y le invitó a entrar y presentarse ante Oz.

El León no se hizo esperar y entró mirando a su alrededor. Para su gran sorpresa, lo que había en el trono era una bola de fuego, tan potente y deslumbrante que apenas podía fijar la vista en ella. Su primer pensamiento fue que, quizá, Oz se había incendiado accidentalmente y se estaba quemando. Pero cuando trató de acercarse, el calor se hizo tan intenso que chamuscó sus bigotes y le obligó a retroceder temblando hasta un rincón cercano a la puerta.

En ese momento, una voz suave y tranquila salió de la bola de fuego, y éstas fueron sus palabras:

—Soy Oz, el Grande y Terrible. ¿Quién eres tú, y por qué has venido a verme?

El León contestó:

—Soy un León Cobarde, que se asusta de todo. Vengo a suplicarte que me des valor para que pueda considerarme realmente el Rey de la Selva, como los hombres me denominan.

—¿Y por qué habría de darte valor? —preguntó Oz.

—Porque de todos los magos tú eres el más Grande, y sólo tú tienes poder para concederme el deseo que te he expuesto —respondió el León.

La bola de fuego ardió furiosamente durante un rato, y luego dijo la voz:

—Tráeme pruebas de que la Malvada Bruja ha muerto y en el acto tendrás tu valor. Pero mientras la Bruja viva, seguirás siendo un cobarde.

El León se llevó un gran disgusto al escuchar estas palabras, pero no pudo replicar nada. Mientras contemplaba silencioso la bola de fuego, ésta comenzó a despedir un calor tan insoportable, que el León se vio obligado a salir corriendo de la habitación con el rabo entre las piernas.

Fue muy agradable que sus amigos le estuvieran esperando, porque así pudo contarles la terrible experiencia con el mago.

—¿Qué vamos a hacer ahora? —preguntó Dorothy desanimada.

—Sólo hay una cosa que podamos hacer —contestó el León—: ir al país de los Winkis, buscar a la Malvada Bruja y destruirla.

—Pero suponte que no lo conseguimos —dijo la niña.

—Entonces nunca tendré valor —declaró el León.

—Y yo me quedaré sin sesos —añadió el Espantapájaros.

—Y yo no poseeré jamás un corazón —se lamentó el Leñador.

—Y yo no volveré a ver a tía Em y tío Henry —gimió Dorothy.

—¡Cuidado! —gritó la doncella verde—. Tus lágrimas caerán sobre tu vestido de seda verde y lo mancharán.

Dorothy se secó los ojos y dijo:

—Supongo que debemos intentarlo. Pero podéis estar seguros de que yo no deseo matar a nadie, ni siquiera por ver de nuevo a tía Em.

—Yo iré contigo —dijo el León—; aunque soy demasiado cobarde para matar a la bruja.

—Yo también —declaró el Espantapájaros—. Pero dudo que sea de mucha ayuda para vosotros, ¡soy tan tonto!

—Y yo no tengo corazón para hacer daño a una bruja —señaló el Leñador de Hojalata—, pero podéis estar seguros de que os acompañaré.

Así, pues, decidieron iniciar el viaje a la mañana siguiente. El Leñador de Hojalata afiló su hacha en una piedra verde y engrasó atentamente todas sus articulaciones. El Espantapájaros se rellenó con paja fresca.

La muchacha verde, que era muy amable con ellos, llenó la cesta de Dorothy con ricos manjares.

Se fueron a la cama muy temprano y durmieron profundamente hasta el amanecer. Les despertó el canto de un gallo verde que vivía en el patio posterior del palacio, y el cacareo de una gallina que acababa de poner un huevo verde.

Capítulo XII

La búsqueda de la Malvada Bruja del Oeste

EL SOLDADO DE las barbas verdes les condujo a través de las calles de la Ciudad de las Esmeraldas hasta llegar a la dependencia donde vivía el Guardián de las Puertas. Este oficial les quitó las gafas y las volvió a guardar en la caja. Cortésmente abrió las puertas a nuestros amigos.

—¿Qué camino nos llevará al lugar donde vive la Malvada Bruja del Oeste?— preguntó Dorothy.

—No hay camino —respondió el Guardián de las Puertas—, y aunque lo hubiera, nadie desearía ir allí.

—Entonces, ¿cómo la encontraremos? —insistió la niña.

—Eso será fácil —replicó el hombre—. En cuanto se entere de que estáis en el país de los Winkis os encontrará y os convertirá en sus esclavos.

—Quizá no —interrumpió el Espantapájaros—, porque nuestra intención es destruirla.

—¡Ah! Eso es diferente —exclamó el Guardián de las Puertas—. Hasta ahora nadie ha conseguido destruirla, y por eso yo suponía, naturalmente, que os haría sus esclavos, como ha hecho con todos los demás. Pero tened cuidado: es malvada y feroz, y no permitirá que la destruyáis. Seguid siempre hacia el Oeste, donde se pone el sol, y no tardaréis en dar con ella.

Le dieron las gracias y se despidieron. Torcieron hacia el Oeste, caminando por campos de fina hierba, salpicada aquí y allá por margaritas y botones de oro. Dorothy llevaba todavía el vestido de seda que se había puesto en el palacio, pero ahora, para su gran sorpresa, no era ya verde, sino blanco. La cinta atada al cuello de *Totó* había perdido también su color verde y aparecía tan blanca como el vestido de su ama.

La Ciudad de las Esmeraldas quedó pronto muy atrás. Conforme avanzaban, el terreno se iba haciendo más áspero y ondulado. No había granjas, ni casas, en aquella región del Oeste, y la tierra era incultivable.

Por la tarde el sol les dio en la cara, ya que no había árboles que les ofreciesen sombra. Por consiguiente, antes del anochecer, Dorothy, *Totó* y el León estaban agotados y se tumbaron a dormir sobre la hierba, mientras el Leñador de Hojalata y el Espantapájaros montaban guardia.

Aunque la Malvada Bruja del Oeste tenía un solo ojo, éste era tan potente como un telescopio y llegaba a todas partes. De esta forma, sentada en la puerta de su castillo miró casualmente alrededor y descubrió a Dorothy dormida sobre la hierba, rodeada por sus amigos. La distancia que les separaba era grande, pero la bruja se encolerizó al encontrarles en su territorio y tocó un silbato de plata que llevaba colgado al cuello.

Inmediatamente se presentó ante ella una manada de fieros lobos, procedentes de todas direcciones. Tenían las patas muy largas, ojos crueles y dientes afilados.

—Atacad a esa gente —ordenó la Malvada Bruja del Oeste—, y hacedles pedazos. ¡Vamos! ¡En seguida!

—¿No vas a convertirles en tus esclavos? —preguntó el jefe de los lobos.

—No —respondió la Bruja—. Uno de los hombres es de hojalata, y el otro de paja. También veo una niña y un león. Ninguno de ellos es útil para el trabajo, así que partidles en pedazos muy pequeños.

—Muy bien —dijo el lobo, y salió a todo correr, seguido por sus secuaces.

Fue una suerte que el Espantapájaros y el Leñador de Hojalata estuviesen despiertos y escuchasen acercarse a los lobos.

—De este combate me encargo yo —dijo el Leñador de Hojalata—. Ponte detrás de mí, que yo me enfrentaré a ellos cuando lleguen.

Levantó su hacha, que había afilado a conciencia, y cuando el jefe de los lobos se dispuso a atacarle, el Leñador de Hojalata descargó un terrible golpe que separó la cabeza del cuerpo del lobo, que cayó muerto en el acto. Apenas había levantado el hacha, llegó otro lobo que cayó también bajo el agudo filo del arma del Leñador. Había cuarenta lobos, y los cuarenta encontraron la misma muerte. Al final, todos yacían muertos en un montón a los pies del Leñador de Hojalata. Después bajó el hacha y se sentó al lado del Espantapájaros.

—¡Buen combate, amigo! —exclamó el Espantapájaros.

Esperaron a que llegara la mañana y Dorothy se despertase. La niña se asustó mucho al ver aquel montón de peludos lobos, pero el Leñador de Hojalata le contó todo lo que había sucedido. Ella le agradeció afectuosamente que les hubiera salvado la vida y se sentó a desayunar. Después reanudaron el viaje.

Aquella misma mañana, la Malvada Bruja del Oeste se asomó a la puerta de su castillo y miró alrededor de su único ojo, de visión a larga

distancia. Entonces vio a los lobos muertos y a los extranjeros, que continuaban atravesando su país tan tranquilos. Esto la enfureció todavía más, y tocó su silbato de plata dos veces.

En el acto acudió volando una bandada de cuervos salvajes tan grande, que el cielo se oscureció. La Malvada Bruja del Oeste dijo al rey de los cuervos:

—Volad inmediatamente hasta los extranjeros, sacadles los ojos y despedazadles.

Los cuervos salvajes se echaron a volar, dirigiéndose al lugar donde estaban Dorothy y sus compañeros. La niña sintió mucho miedo al verles llegar, pero el Espantapájaros dijo:

—Esta batalla es mía. Tumbaos a mi lado y no seréis dañados.

Se tumbaron, pues, en el suelo, a excepción del Espantapájaros, que permaneció de pie y con los brazos extendidos. Cuando los pájaros le vieron se asustaron sobremanera, tal y como les sucede a estas aves siempre que se topan con un Espantapájaros, y ninguno de ellos se atrevió a acercarse más. Entonces, el rey de los cuervos dijo:

—Es sólo un monigote de paja. Yo le arrancaré los ojos.

El rey de los cuervos se lanzó en picado, pero el Espantapájaros lo agarró por la cabeza y le retorció el cuello hasta que murió. Otro cuervo se abalanzó sobre él, pero el Espantapájaros le hizo correr la misma suerte. Había cuarenta cuervos, y cuarenta cuellos retorció el Espantapájaros, hasta que sólo quedó un montón de pájaros muertos a sus pies. Después dijo a sus compañeros que se levantaran y reanudaron el camino.

La Malvada Bruja del Oeste volvió a escrutar con su ojo el horizonte, y al ver a todos sus cuervos muertos, tuvo un terrible acceso de rabia y tocó tres veces el silbato de plata.

En ese momento se escuchó un intenso zumbido en el aire y apareció un enjambre de abejas negras volando hacia ella.

—Localizad a los extranjeros y aguijoneadles hasta que mueran —ordenó la endemoniada bruja.

Las abejas dieron media vuelta y se lanzaron hacia el lugar donde caminaban Dorothy y sus amigos.

El Leñador de Hojalata las vio venir y el Espantapájaros decidió en seguida lo que había que hacer.

—Sácame toda la paja y espárcela por encima de la niña, el perro y el León —indicó al Leñador de Hojalata—. Así no podrán picarles. Es lo más seguro.

El Leñador de Hojalata siguió sus indicaciones, y como Dorothy se acurrucó junto al León Cobarde con *Totó* en brazos, la paja bastó para cubrirles por completo.

Llegaron las abejas y no encontraron a nadie a quien picar más que al Leñador de Hojalata. Se arrojaron sobre él, pero sus aguijones se rompieron al pinchar la hojalata, sin conseguir causarle mal alguno. Y como las abejas no pueden vivir con el aguijón roto, aquello fue el final de todo el enjambre, que quedó esparcido por el suelo alrededor del Leñador de Hojalata, formando pequeños montoncitos semejantes al fino carbón. Un verdadero desastre.

Dorothy y el León se levantaron, y la niña ayudó

al Leñador a rellenar otra vez al Espantapájaros, que quedó tan bien como antes. Una vez más, reanudaron el viaje.

La Malvada Bruja se encolerizó de tal forma cuando vio a sus abejas negras reducidas a motitas que parecían de carbón, que pateó el suelo con los pies, se arrancó un mechón de pelos y le rechinaron los dientes. Luego llamó a una docena de sus esclavos, los Winkis, les dio unas afiladas lanzas y les ordenó que mataran a los extranjeros.

Los Winkis no eran muy valientes, pero no tenían más remedio que obedecer, y partieron en busca de Dorothy. Cuando estaban cerca del grupo, el León soltó un espantoso rugido y se abalanzó sobre ellos. Los pobres Winkis, presas del pánico, salieron corriendo como alma que lleva el diablo.

Al regresar al castillo, la Malvada Bruja les azotó con un látigo y les mandó de nuevo a su trabajo. Desesperada, se sentó a meditar en la forma de acabar con los intrusos. No entendía por qué habían fracasado todos sus planes, pero como era una bruja poderosa y maligna, en seguida encontró la solución adecuada.

En su armario guardaba un gorro de oro, cuyo borde era de rubíes y diamantes. Este gorro poseía un poder mágico: su dueño podía llamar tres veces a los monos alados, que obedecerían cualquier orden que se les impartiera. Pero nadie tenía derecho a servirse de estas extrañas criaturas más de tres veces, y la Malvada Bruja ya había utilizado en dos ocasiones la fuerza mágica del gorro. Una, cuando sometió a los Winkis a esclavitud y se nombró a sí misma soberana. Los monos alados la ayudaron a conseguir este propósito. La segunda vez cuando luchó contra el propio Gran Mago de Oz, arrojándole de la Tierra del Oeste. Era necesario eliminar al Gran Mago que podía hacerle sombra.

Los monos alados también la ayudaron en esa ocasión. Por tanto, sólo podría utilizar el gorro de oro una vez más, y no estaba dispuesta a hacerlo sin haber agotado antes todos los demás recursos mágicos. Pero ahora que los fieros lobos, los cuervos salvajes y las ponzoñosas abejas negras habían muerto, y sus esclavos sentían terror del León Cobarde, comprendió que los monos alados constituían la última oportunidad de destruir a Dorothy y sus amigos.

Convencida de esto, la Malvada Bruja sacó del armario el gorro de oro y se lo colocó en la cabeza. Después se levantó sobre su pie izquierdo y dijo, lentamente:

—¡Ep-pe, pep-pe, kek-ke!

A continuación se apoyó en su pie derecho y agregó:

—¡Hil-lo, hol-lo, hel-lo!

Por último se afirmó en el suelo con ambos pies y gritó con potente voz:

—¡Ziz-zy, zuz-zy, zik!

La magia empezó a actuar. El cielo se oscureció y un sordo rumor rasgó el aire, transformándose en un intenso batir de numerosas alas, sumándose a ello una gran confusión de risas y parloteos.

De repente, el sol asomó en medio de la negrura e iluminó a la Malvada Bruja del Oeste. Estaba rodeada por una multitud de monos, cada cual con un par de inmensas y poderosas alas que crecían de sus espaldas. Un espectáculo impresionante.

Uno de ellos, mucho mayor que los demás, parecía ser el rey. Voló junto a la bruja y dijo:

—Nos has llamado por tercera y última vez. ¿Qué deseas? Habla y te obedeceremos, Bruja del Oeste.

—Ataca a los intrusos que han penetrado en mis dominios y destrúyelos a todos, excepto al león —ordenó la Bruja—. Tráeme a esa bestia, porque tengo intención de enjaezarla como un caballo y obligarla a trabajar para mí.

—Tus órdenes serán cumplidas —dijo el rey.

Al instante, organizando un gran alboroto, los monos alados se alejaron volando en busca de Dorothy y sus acompañantes.

Un grupo de monos se apoderó del Leñador de Hojalata y se lo llevó por los aires hasta un paraje cubierto de rocas puntiagudas. Allí soltaron al pobre Leñador, que cayó desde gran altura y quedó tan maltrecho y abollado entre los pedruscos, que fue incapaz de moverse o de emitir algún gemido.

Otro grupo de monos agarró al Espantapájaros y, con sus largos dedos, le vaciaron de paja desde la cabeza a los pies. Seguidamente, cogieron su sombrero, sus botas y sus ropas, y con todo ello hicieron un bulto que lanzaron a las ramas más altas de un majestuoso árbol. Los monos restantes lanzaron recias cuerdas alrededor del León y le dieron muchas vueltas, de modo que, inmovilizado el cuerpo, la cabeza y las patas, el animal no pudiera morder ni dar zarpazos ni luchar de manera alguna. Los monos alados lo levantaron y lo condujeron volando al castillo de la bruja, donde fue encerrado en un estrecho patio rodeado de una alta reja, para que no pudiera escapar.

Dorothy, sin embargo, no sufrió daños. Se quedó quieta con *Totó* en brazos, contemplando aterrada la triste suerte de sus compañeros y preguntándose cuándo le llegaría el turno. El rey de los monos alados voló hacia ella con sus peludos brazos extendidos y una horrible sonrisa en su monstruosa cara, pero al descubrir en la frente de la niña la marca de la Buena Bruja del Norte se paró en seco e hizo señal a los otros de que no la tocaran.

—No debemos hacer daño a esta niña —dijo—, ya que la protegen las Fuerzas del Bien, que son superiores a las Fuerzas del Mal. Todo lo que podemos hacer es transportarla al castillo de la Malvada Bruja y dejarla allí.

Así, pues, la tomaron delicadamente en brazos y la condujeron rápidamente por los aires hasta el castillo, donde la depositaron suavemente en el umbral. El rey de los monos alados dijo a la bruja:

—Te hemos obedecido en todo lo posible. El Leñador de Hojalata y el Espantapájaros están destruidos, y el León se encuentra atado en tu patio. En cuanto a la niña y al perro que lleva en brazos no nos atrevemos a causarles daño. Tu poder sobre nosotros ha terminado, y no volverás a vernos.

Después de esto, los monos alados levantaron el vuelo entre grandes ruidos, risas y parloteos, y desaparecieron en la lejanía.

La Malvada Bruja del Oeste se quedó muy sorprendida y preocupada al descubrir la señal en la frente de Dorothy, porque sabía de sobra que ni los monos alados ni ella misma podrían hacerle el menor daño. Luego miró los pies de la niña y, al darse cuenta de que llevaba zapatos de plata, se echó a temblar de miedo, ya que conocía la fuerza mágica que poseían. En un principio pensó en huir corriendo de Dorothy, pero sus ojos se cruzaron con los de la muchacha y observó el alma tan sencilla que asomaba en ellos. Era evidente que la niña ignoraba la fuerza maravillosa que los zapatos de plata le conferían.

Entonces, la bruja se rió para sí y pensó: «Todavía puedo convertirla en mi esclava, ya que no sabe cómo utilizar la magia de sus zapatos». A continuación, con voz áspera y severa le dijo a Dorothy:

—Ven conmigo y procura obedecerme en todo lo que te diga, porque si no lo haces, acabaré con tu vida, como hice con el Leñador de Hojalata y el Espantapájaros.

Dorothy la siguió a través de las espléndidas habitaciones del castillo hasta llegar a la cocina, donde la bruja le ordenó limpiar las cazuelas y las marmitas, barrer el suelo y echar leña al fuego.

La niña se mostró dócil, dispuesta a trabajar cuanto pudiera, pues estaba muy contenta de que la Malvada Bruja hubiese decidido no matarla.

Viendo que Dorothy estaba muy ocupada, la Malvada Bruja pensó que podía ir al patio y enjaezar al León Cobarde como un caballo. Sería muy divertido hacerle tirar de su carroza cuando se le antojara ir a alguna parte.

Pero cuando abrió la reja, el León lanzó un rugido y saltó hacia ella con tanta fiereza que la bruja se asustó y volvió a salir del patio, cerrando la reja tras ella.

—Si no puedo enjaezarte —dijo la bruja a través de los barrotes—, te dejaré morir de hambre. No probarás bocado hasta que obedezcas mis deseos.

A partir de entonces no dio comida al León cautivo, pero todos los días, hacia las doce de la mañana, se acercaba a la reja y preguntaba:

—¿Estás dispuesto a ser enjaezado como un caballo?

Y el León respondía:

—No. Si entras en este patio, te morderé.

La razón por la que el León no necesitaba obedecer a la bruja era que cada noche, cuando la endemoniada mujer dormía, Dorothy le llevaba comida de la despensa. Después de cenar, el animal se tendía en su lecho de paja y la niña se acostaba a su lado, con la cabeza apoyada en su suave y espesa melena, y los dos hablaban de sus problemas y trataban de imaginar el modo de escapar. Pero las posibilidades de salir del castillo eran muy escasas, ya que estaban constantemente vigilados por los amarillos Winkis, esclavos de la Malvada Bruja del Oeste, y demasiado cobardes para desobedecerla.

Dorothy trabajaba duramente a lo largo de todo el día. A menudo, la bruja amenazaba con azotarla con el viejo paraguas que llevaba siempre

en la mano. Pero no se atrevía a hacerlo, en realidad, debido a la señal que la niña tenía en la frente. Dorothy ignoraba esto y vivía llena de temor por sí misma y por *Totó*. En una ocasión, la repelente mujer golpeó al perrito con su paraguas, y éste, haciendo un alarde de valentía, se lanzó contra su pierna y le propinó una buena dentellada. A pesar de ello, la herida de la bruja no sangró, pues era tan malvada que la sangre se le había secado muchos años atrás.

La vida de Dorothy se fue haciendo cada vez más triste, a medida que comprendía que las posibilidades de volver a Kansas y reencontrarse con tía Em iban menguando. A veces lloraba durante horas enteras, con *Totó* a sus pies mirándola a la cara, y demostrando con gemidos de pena que compartía las desdichas que la embargaban. A decir verdad, a *Totó* le importaba poco estar en Kansas o en la Tierra de Oz, siempre y cuando Dorothy le acompañara. Pero ahora sabía que la niña no era feliz y, por tanto, él tampoco podía serlo.

La Malvada Bruja del Oeste empezó a codiciar ansiosamente los zapatos de plata que la pequeña Dorothy llevaba siempre puestos. Sus abejas, sus cuervos y sus lobos yacían muertos, secándose al sol, y para colmo, los poderes mágicos del gorro de oro se habían agotado. Pero si conseguía los zapatos de plata, éstos le darían, sin duda, más poder que todas las demás cosas perdidas. Desde entonces vigiló estrechamente a la chiquilla para ver si en alguna ocasión se desprendía de los zapatos, y lograba apoderarse de ellos. Dorothy, sin embargo, se sentía tan orgullosa de su precioso calzado, que sólo se lo quitaba para dormir y para bañarse.

La bruja tenía demasiado miedo de la oscuridad como para penetrar de noche en el cuarto de la niña y robárselos. En cuanto al agua, el temor que le producía este elemento era todavía superior al que le infundía la oscuridad, de modo que jamás se acercaba a Dorothy cuando tomaba un baño. Nunca tocaba el agua, ni permitía que el agua la mojara a ella de ninguna manera.

No obstante, la Malvada Bruja era muy astuta, y al final imaginó un truco que le proporcionaría lo que tanto ansiaba. Colocó una barra de hierro en medio del suelo de la cocina, y luego, con sus artes mágicas, la hizo invisible a los ojos humanos. Así fue cómo Dorothy, al andar por la cocina, tropezó con la barra, sin verla, y cayó al suelo tan larga como era. No se hizo mucho daño, pero en la caída perdió uno de sus zapatos de plata y, antes de que pudiese recuperarlo, la bruja se apoderó de él y se lo puso en su esquelético pie.

La endemoniada mujer se quedó muy complacida con el resultado

de su sucio truco, ya que poseer uno de los zapatos significaba, además, apropiarse de la mitad de sus poderes mágicos, y Dorothy no podía usarlos contra ella, aunque hubiera sabido cómo hacerlo.

La pequeña se disgustó mucho por haber perdido uno de sus hermosos zapatos, y le gritó a la bruja:

—¡Devuélveme mi zapato!

—No me da la gana —replicó la bruja—. Ahora el zapato es mío, y no tuyo.

—¡Eres un ser malvado! —protestó Dorothy—. ¡No tienes ningún derecho a quitarme el zapato!

—Digas lo que digas me lo quedaré —dijo la bruja, riéndose en su cara—. Y un día de éstos me apoderaré también del otro.

Esto hizo que Dorothy se enfadara de tal manera, que cogió un cubo de agua que tenía cerca y lo vació encima de la Malvada Bruja, empapándola de la cabeza a los pies.

Al instante, la perversa mujer soltó un grito de terror y, mientras Dorothy la contemplaba con asombro, empezó a encogerse y derretirse.

—¡Mira lo que has hecho! —chilló—. ¡En menos de un minuto me habré derretido!

—¡Lo siento mucho, de veras! —exclamó Dorothy, realmente impresionada al ver que la bruja se derretía delante de sus ojos como si fuera de azúcar.

—¿No sabías que el agua podía acabar conmigo? —graznó la bruja con voz lloriqueante y desesperada.

—¡Claro que no! —contestó la niña—. ¿Cómo iba a saberlo?

—Bueno . . . Dentro de pocos minutos me habré derretido completamente, y tú serás la dueña del castillo. He sido malvada durante toda mi vida, pero nunca imaginé que una niña pequeña como tú fuese capaz de derretirme y poner fin a mis fechorías . . . ¡Mira! ¡Me voy . . .!

Con estas palabras, la bruja acabó de convertirse en una masa informe, de color pardo, que se fue extendiendo por el suelo de la cocina. Al comprobar que se había derretido realmente, Dorothy sacó otro cubo de agua del pozo y lo arrojó sobre aquellos pegajosos restos. Luego lo barrió todo y recogió el zapato de plata, que era todo lo que había quedado de la vieja. Después de lavarlo bien y secarlo con un paño, se lo volvió a poner. Y entonces, libre otra vez para hacer cuanto deseara, corrió al patio para contarle al León que la Malvada Bruja del Oeste había desaparecido para siempre, y que ya no eran prisioneros en un país extraño.

Capítulo XIII
El rescate

EL LEÓN COBARDE sintió una enorme alegría al enterarse de que un cubo de agua había derretido a la Malvada Bruja. Dorothy abrió en seguida la puerta de su prisión y le dejó libre. Juntos recorrieron el castillo, y lo primero que hizo Dorothy fue convocar a todos los Winkis para comunicarles que habían dejado de ser esclavos.

Hubo un inmenso regocijo entre aquellos amarillos Winkis, ya que habían tenido que trabajar duramente para la Malvada Bruja del Oeste a lo largo de muchos años. Además, el trato que habían recibido se caracterizaba por su extrema crueldad. Así, pues, declararon festivo aquel día y lo pasaron entre bailes y banquetes. Desde entonces lo celebran todos los años.

—Si nuestros amigos, el Espantapájaros y el Leñador de Hojalata estuvieran aquí, yo me sentiría completamente feliz —declaró el León.

—¿No crees que podríamos rescatarlos? —preguntó ansiosamente la niña.

—Lo intentaremos —contestó el León.

Llamaron a los amarillos Winkis y les preguntaron si les ayudarían a rescatar a sus compañeros. Naturalmente, los Winkis declararon que nada les complacería más que hacer algo por Dorothy, que les había librado de la esclavitud. Así que la niña eligió a unos cuantos que le parecieron más inteligentes que el resto, y partieron en busca de sus amigos. El camino les llevó el resto del día y parte del siguiente, hasta que llegaron a la rocosa llanura donde yacía el Leñador de Hojalata, maltrecho y retorcido. El hacha se encontraba cerca de él, pero la hoja se había oxidado y el mango estaba roto.

Los Winkis levantaron al abollado Leñador con delicadeza y lo transportaron al castillo. Dorothy no pudo contener las lágrimas al ver el triste estado de su fiel amigo, y el León marchaba a su lado con cara seria y preocupada. Cuando llegaron al castillo, Dorothy preguntó a los Winkis:

—¿Hay entre vosotros algún hojalatero?

—¡Oh, sí! Y algunos son muy buenos —respondieron.

—Traédmelos, por favor —rogó la niña.

En cuanto llegaron los hojalateros con sus herramientas, Dorothy preguntó:

—¿Podréis enderezar las abolladuras del maltrecho Leñador de Hojalata, devolverle su forma y soldar lo que tenga roto?

Los hojalateros examinaron detenidamente al Leñador y contestaron que creían poder dejarle como nuevo.

Se pusieron a trabajar en una de las grandes salas amarillas del castillo, y pasaron tres días y cuatro noches martilleando y torciendo, enderezando y soldando, batiendo y puliendo las piernas, los brazos, el cuerpo y la cabeza del Leñador de Hojalata, hasta que recuperó su antigua forma y sus articulaciones volvieron a funcionar. Desde luego, algunos remiendos fueron inevitables, pero, en general, los hojalateros habían realizado un trabajo excelente, y como el Leñador no era una persona presumida, apenas le importaron aquellos parches.

Por fin, el Leñador se dirigió a la habitación de Dorothy para agradecerle su rescate. Iba tan contento que derramó algunas lágrimas, y Dorothy tuvo que secarlas con sumo cuidado para que no se le oxidaran las articulaciones. La niña tampoco pudo contener su felicidad y se le escaparon las lágrimas de los ojos, pero éstas no necesitaron ser enjugadas. En cuanto al León, se frotó tantas veces los ojos con la borla de su cola, y ésta quedó tan empapada, que el animal tuvo que salir al patio y ponerla al sol para que se secara.

—La única pena es que no tengamos con nosotros al Espantapájaros —dijo el Leñador de Hojalata, cuando Dorothy terminó de explicarle todo lo ocurrido—. Su presencia nos colmaría de felicidad.

—Tenemos que encontrarle —dijo resueltamente la niña.

Por consiguiente, requirió de nuevo la ayuda de los Winkis y, todos juntos, caminaron durante todo el día y parte del siguiente hasta dar con el gran árbol en cuyas ramas los monos alados habían arrojado las prendas del Espantapájaros.

Era un árbol demasiado alto, y su tronco era tan liso que nadie podía trepar por él. Entonces, el Leñador de Hojalata dijo:

—Lo cortaré, y de ese modo recobraremos las prendas del Espantapájaros.

Mientras los hojalateros habían estado ocupados remendando al Leñador, otro Winki, que era orfebre, había hecho un mango de oro macizo para el hacha del Leñador, luego lo sujetó a la hoja en lugar del viejo y roto. Otros pulieron la hoja hasta eliminar toda la herrumbre, y ahora brillaba como plata bruñida. Era una obra maestra.

Tan pronto como terminó de hablar, el Leñador de Hojalata se puso a cortar el tronco, y el árbol no tardó en caer con estrépito. Al mismo tiempo, el bulto que formaban las ropas del Espantapájaros cayó de entre las ramas y rodó por el suelo.

Dorothy lo recogió y los Winkis lo llevaron al castillo, donde fue rellenado con paja limpia y fresca. De repente, como por arte de magia, el Espantapájaros apareció ante ellos, tan vivo como siempre y agradeciendo a todos su salvación.

Ahora, reunidos otra vez los amigos, pasaron unos días de feliz descanso en el Castillo Amarillo, donde disponían de todo lo necesario para su comodidad. Pero llegó el momento en que Dorothy se acordó de tía Em y dijo:

—Tenemos que regresar a Oz y recordarle al Mago su promesa.

—Sí —asintió el Leñador de Hojalata—. Por fin conseguiré mi corazón.

—Y yo obtendré mis sesos —añadió entonces el Espantapájaros, loco de alegría.

—Y yo mi valor —dijo por su parte el León, pensativamente.

—¡Y yo regresaré a Kansas! —exclamó Dorothy, batiendo las palmas de sus manos—. Mañana mismo saldremos hacia la Ciudad de las Esmeraldas.

Así lo hicieron. Al día siguiente convocaron a los Winkis y les dijeron

adiós. Los Winkis sentían pena por su partida, y estaban tan encariñados con el Leñador de Hojalata que le suplicaron que permaneciera entre ellos y gobernara la Amarilla Tierra del Oeste. Pero al ver que los amigos habían decidido partir, regalaron a *Totó* y al León unos collares de oro. A Dorothy le ofrecieron una preciosa pulsera de diamantes; para el Espantapájaros el presente consistió en un bastón con empuñadura de oro, para que no tropezara tanto, y al Leñador de Hojalata le regalaron una aceitera de plata con incrustaciones de oro y piedras preciosas.

Cada uno de los viajeros dedicó un discurso a los Winkis como agradecimiento, y luego se estrecharon las manos hasta que les dolieron los brazos.

Dorothy se dirigió a la despensa de la bruja para llenar su cesta de provisiones, y entonces descubrió el gorro de oro. Se lo probó y resultó que era exactamente de su medida. Ignoraba por completo que fuera mágico, pero como resultaba bonito, se lo llevó puesto.

Preparados ya para el viaje, partieron hacia la Ciudad de las Esmeraldas, mientras los Winkis daban tres vítores en su honor y les deseaban que la suerte les acompañase.

Capítulo XIV

Los monos alados

COMO RECORDARÉIS, NO existía camino, ni siquiera una estrecha senda, entre el Castillo Amarillo de la Malvada Bruja del Oeste y la Ciudad de las Esmeraldas. Cuando los viajeros fueron en busca de la bruja habían sido sorprendidos dentro de sus dominios y los monos alados se encargaron de su captura. Pero ahora que tenían que ir andando, era mucho más difícil encontrar un camino, a través de los extensos campos de botones de oro y margaritas, que cuando fueron transportados por los aires. Sabían, desde luego, que tenían que avanzar hacia el Este, en dirección al sol naciente, y así lo hicieron. Pero al mediodía, cuando el sol estaba justamente encima de sus cabezas, no supieron distinguir el Este del Oeste, y se extraviaron en medio de los grandes campos. No obstante, siguieron caminando y, al caer la noche, apareció una espléndida y radiante luna. Se tumbaron entre las dulces y aromáticas flores amarillas y durmieron profundamente hasta la mañana: todos excepto el Espantapájaros y el Leñador de Hojalata.

Ese día, el sol estaba escondido detrás de una nube, pero ellos continuaron su camino, como si estuvieran completamente convencidos de que debían proseguir.

—Si andamos lo suficiente —dijo Dorothy— llegaremos a alguna parte, estoy segura.

Pero pasaron los días y los amigos no encontraron otra cosa que campos amarillos. El Espantapájaros empezó a refunfuñar levemente.

—Está claro que nos hemos perdido —dijo—, y, si no encontramos el camino de la Ciudad de las Esmeraldas, no conseguiré mis sesos.

—Ni yo mi corazón —declaró el Leñador de Hojalata—. Cuanto más impaciente estoy por ver a Oz, más largo se hace el viaje.

—Pues yo no tengo valor para seguir caminando sin llegar a ninguna parte —se quejó el León Cobarde con voz llorona.

Dorothy se desanimó; se sentó sobre la hierba y miró a sus compañeros. Ellos se sentaron también y la observaron atentamente. *Totó*, por su parte, se dijo que por primera vez en su vida se sentía

demasiado cansado para perseguir a una mariposa que revoloteaba por encima de su cabeza. Sacó la lengua y jadeó mirando a Dorothy, como si quisiera preguntarle qué pensaba hacer.

—¿Y si llamásemos a los ratones del campo? —sugirió la niña—. Probablemente conozcan el camino de la Ciudad de las Esmeraldas.

—¡Seguro que sí! —exclamó el Espantapájaros—. ¿Cómo no se nos ha ocurrido antes?

Dorothy hizo sonar el pequeño silbato que llevaba siempre colgado del cuello desde que se lo regalara la Reina de los Ratones. A los pocos minutos, el ruido de numerosas patitas fue claramente perceptible y, poco después, vieron cómo se acercaba hacia ellos una multitud de diminutos roedores grises. Entre ellos se distinguía a la Reina, que preguntó con voz chillona:

—¿Qué puedo hacer por mis amigos?

—Nos hemos extraviado —contestó Dorothy—. ¿Puedes indicarnos dónde está la Ciudad de las Esmeraldas?

—Desde luego —aseguró la Reina—, pero queda muy lejos de aquí: habéis caminado en dirección contraria durante todo este tiempo.

Entonces se fijó en el gorro de oro que tenía la niña y agregó:

—¿Por qué no haces uso de la magia de ese gorro y llamas a los monos alados? Ellos os llevarán a la Ciudad de las Esmeraldas en menos de una hora.

—Yo no sabía que el gorro tuviese poderes mágicos —respondió Dorothy sorprendida—. ¿Cuáles son?

—Está escrito en el interior del gorro de oro —explicó la Reina de los Ratones—. Pero si vas a llamar a los monos alados nosotros tenemos que salir disparados de aquí, porque son muy traviesos y se divierten atormentándonos.

—¿Y a mí no me harán daño? —inquirió entonces Dorothy con preocupación.

—¡Oh, no! ¡De ninguna manera! Tienen que obedecer a quien lleve el gorro de oro. ¡Adiós!

Y desapareció más que de prisa, seguida por todos sus ratones.

Dorothy examinó el interior del gorro y vio unas palabras escritas en el forro.

«En ellas debe residir la magia», pensó, y, acto seguido, leyó las instrucciones y se puso el gorro de oro sobre su cabecita.

—*¡Ep-pe, pep-pe, kek-ke!* —dijo, apoyada en su pie izquierdo.

—¿Qué significa eso? —quiso saber el Espantapájaros que no entendía lo que la niña estaba haciendo.

—*¡Hil-lo, hol-lo, hel-lo!* —continuó Dorothy, sosteniéndose ahora sobre su pie derecho.

—*¡Hel-lo!* —repitió el Leñador de Hojalata, lentamente.

—*¡Ziz-zy, zuz-zy, zik!* —dijo Dorothy, apoyada sobre sus dos pies.

Con esto había terminado de formular el conjuro. Inmediatamente

escucharon un intenso parloteo, acompañado de un gran batir de alas. Era la banda de los monos alados que acudía volando a la llamada. El rey hizo una profunda reverencia ante Dorothy y preguntó con voz firme:

—¿Qué ordenas?

—Deseamos ir a la Ciudad de las Esmeraldas —dijo la niña—. Nos hemos perdido.

—Nosotros os llevaremos —respondió el rey.

Tan pronto como hubo terminado de pronunciar estas palabras, dos monos cogieron a Dorothy en brazos y se alejaron volando con ella. Otros se encargaron del Espantapájaros, del Leñador de Hojalata y del León, y un mono pequeñito agarró a Totó y echó a volar tras ellos, pese a que el perro intentaba morderle por todos los medios.

Al principio, el Espantapájaros y el Leñador de Hojalata estaban bastante asustados, ya que recordaban lo mal que los monos alados les habían tratado antes, pero pronto comprendieron que esta vez no iban a hacerles daño y se dejaron llevar tranquilamente por los aires, aprovechando para contemplar los preciosos prados y bosques que quedaban tan abajo de ellos.

Dorothy volaba cómodamente entre los dos monos mayores, uno de los cuales era el propio rey. Habían formado una silla con sus manos y procuraban no lastimarla.

—¿Por qué tenéis que obedecer el encanto del gorro de oro? —preguntó.

—Es una larga historia —contestó el rey con una sonrisa—. Pero como el viaje va a ser largo, pasaré el tiempo contándotela, si quieres.

—Me gustará mucho oírla —replicó Dorothy.

—Antaño —comenzó el rey de los monos alados—, nosotros constituíamos un pueblo libre que vivía dichoso en la vasta selva, volando de árbol en árbol. Comíamos frutas y nueces y hacíamos lo que nos apetecía, sin tener que obedecer a nadie. Es posible que muchos de nosotros fuéramos demasiado traviesos de vez en cuando, porque nos lanzábamos al suelo para tirar de la cola a los animales que no tenían alas, cazábamos pájaros y arrojábamos nueces a la gente que caminaba por la selva. Pero nosotros vivíamos despreocupados, felices y divertidos, aprovechando cada minuto del día. Esto fue hace muchos años, mucho antes de que Oz descendiera de las nubes para gobernar sobre esta tierra. Y aún recordamos aquellos momentos.

»Lejos de aquí, en el extremo Norte, vivía una hermosa princesa, que también era una hechicera muy poderosa. Empleaba toda su magia en ayudar a la gente, y nunca se oyó decir que hubiese hecho daño a alguna persona buena. Se llamaba Gayelette y residía en un magnífico palacio construido con grandes bloques de rubí. Todo el mundo la amaba, pero su pena era que no encontraba a nadie a quien ofrecer su amor, ya que todos los hombres eran demasiado estúpidos y feos para casarse con una mujer tan sabia y maravillosa. Un día, sin embargo, conoció a un muchacho guapo, valeroso e inteligente, a pesar de sus pocos años. Gayelette pensó que cuando creciera, y llegase a ser un hombre, se casaría con él; de modo que se lo llevó a su palacio de rubí y utilizó todas sus artes mágicas en hacerle tan fuerte, bueno y cariñoso como cualquier mujer desearía. Cuando el muchacho, que se llamaba Quelala, alcanzó la madurez, era el mejor y más sabio de toda esta tierra. Su belleza era irresistible, y Gayelette le amaba tan tiernamente, que aceleró los preparativos de la boda. No quería perder más tiempo.

»Mi abuelo era en aquellos días el rey de los monos alados, que vivían en el bosque colindante con el palacio de Gayelette, y era más partidario de una broma que de una buena comida. Un día, cuando faltaba ya poco tiempo para la boda, mi abuelo revoloteaba por allí con su banda de gamberretes y descubrieron a Quelala paseando por la orilla del río. Vestía un costoso traje de seda rosa y terciopelo morado, y al vejete se le ocurrió gastarle una broma pesada. A una indicación suya, los monos descendieron y atraparon a Quelala y lo condujeron hasta el centro del río. Allí lo soltaron y cayó al agua.

»—¡Sal a nado, mi elegante amigo! —le gritó mi abuelo—. ¡Y mira si el agua ha manchado tus ropas!

»Quelala era demasiado listo para no nadar, y su buena suerte no le había convertido en un malcriado. Así que ganó la orilla a nado y se echó a reír en cuanto salió a la superficie.

»Gayelette acudió corriendo y encontró sus ropas de seda y terciopelo totalmente estropeadas por el agua.

»Esto la enfadó muchísimo, y de sobra sabía quiénes eran los responsables. Por tanto, mandó llamar a todos los monos alados y, de momento, dispuso que les ataran las alas y que fueran tratados como ellos habían tratado a Quelala, y les arrojaran al río. Pero mi abuelo suplicó a la princesa que se compadeciera de ellos, ya que los monos se ahogarían en el agua con las alas atadas, y el propio Quelala intervino en su favor. Al final Gayelette les perdonó la vida, aunque con la condición de que, en adelante, los monos alados tendrían que obedecer tres veces las órdenes del poseedor del gorro de oro. Este gorro había sido elaborado como regalo de boda para Quelala, y se dice que le costó a la princesa la mitad de su reino. Como es lógico, mi abuelo y los demás monos aceptaron la condición, y así es como somos esclavos por tres veces del dueño del gorro de oro, sea quien sea.

—¿Y qué fue de ellos? —preguntó Dorothy, a quien la historia había interesado y complacido mucho.

—Quelala fue el primer poseedor del gorro de oro —siguió contando el mono— y, naturalmente, también fue el primero en imponernos sus deseos. Como su novia no soportaba nuestra presencia, el joven, una vez casado, nos convocó a todos en el bosque y nos ordenó que marcháramos a algún lugar donde sus bellos ojos no contemplasen jamás un mono alado, cosa que nos alegró, pues la verdad es que habíamos empezado a temerla.

»Eso fue todo lo que tuvimos que hacer hasta que el gorro de oro cayó en manos de la Malvada Bruja del Oeste, que nos ordenó esclavizar a los Winkis, y después expulsar al mismísimo Oz de la Tierra del Oeste. Ahora el gorro de oro es tuyo y tienes derecho a formular tres deseos.

Cuando el rey de los monos alados finalizó su historia, Dorothy miró hacia abajo y contempló las verdes y relucientes murallas de la Ciudad de las Esmeraldas. Se sorprendió por la rapidez del vuelo de los monos, pero estaba contenta de que el viaje hubiese llegado a su fin. Las extrañas criaturas depositaron a los viajeros con sumo cuidado delante de la puerta de la ciudad. El rey dedicó una reverencia a Dorothy y partió veloz, seguido de toda la bandada.

—Ha sido un viaje estupendo —dijo la niña.

—Sí, y una manera rápida de solucionar nuestros problemas —añadió el León—. ¡Qué suerte que llevaras ese maravilloso gorro!

Capítulo XV

El descubrimiento de Oz el Terrible

L OS CUATRO VIAJEROS se encaminaron a la enorme puerta de la Ciudad de las Esmeraldas y llamaron al timbre. Tras insistir unas cuantas veces, acudió a abrirles el mismo Guardián de las Puertas que ya conocían.

—¿Cómo? ¿Ya estáis de vuelta? —exclamó sorprendido.

—¿Es que no nos ves? —respondió el Espantapájaros.

—Pero yo creía que habíais ido a visitar a la Malvada Bruja del Oeste.

—Y la hemos visitado —dijo el Espantapájaros.

—Y... ¿os dejó marchar? —preguntó el hombre, que no salía de su asombro.

—No pudo impedirlo: se derritió —explicó el Espantapájaros.

—¡Derretida! ¡Caramba, ésta sí que es una buena noticia! —dijo el hombre—. ¿Quién la derritió?

—Dorothy —dijo el León, muy serio.

—¡Cielos! ¡Qué alegría! —exclamó el hombre, haciendo una reverencia muy aparatosa ante ella.

A continuación les invitó a pasar a su pequeña estancia y colocó sobre sus ojos las gafas que estaban guardadas en la caja, al igual que hizo la otra vez. Luego atravesaron el portal de la Ciudad de las Esmeraldas, y cuando la gente se enteró por el Guardián de las Puertas de que habían derretido a la Malvada Bruja del Oeste rodeó a los viajeros y les siguió formando un numeroso grupo hacia el palacio de Oz.

El soldado de las barbas verdes estaba todavía delante de la puerta, montando guardia, pero les dejó pasar en seguida, y en el interior se encontraron de nuevo con la doncellita verde, que les condujo a sus antiguas habitaciones para que pudiesen descansar hasta que el Gran Oz estuviera dispuesto a recibirles.

El soldado se apresuró a comunicar a Oz que Dorothy y sus acompañantes habían regresado después de destruir a la Malvada Bruja. Pero Oz no dijo nada. Creían que el Gran Mago les llamaría inmediatamente, y, sin embargo, no lo hizo. No tuvieron noticias de él al día siguiente, ni al otro, ni al de más allá. La espera se hacía aburrida y agotadora, y al final acabaron molestos de que Oz les tratase de manera tan incorrecta, después de haberles enviado a enfrentarse con tantos peligros, incluso con la esclavitud. Así, pues, el Espantapájaros suplicó a la muchacha verde que transmitiera otro mensaje a Oz, explicándole que si no les recibía en el acto, llamarían a los monos alados para que les ayudasen a descubrir si pensaba mantener sus promesas o no. Cuando el mago recibió este mensaje se alarmó tanto que les envió recado de que se presentasen en el Salón del Trono a las nueve y cuatro minutos de la mañana siguiente. Ya se había topado una vez con los monos alados en la Tierra del Oeste, y no tenía ganas de volver a verles.

Los cuatro viajeros pasaron la noche en vela, cada cual pensando en el premio que Oz les había prometido. Dorothy durmió sólo un rato, soñando que estaba en Kansas, donde tía Em le contaba lo feliz que era al tener de nuevo a su pequeña en casa.

A las nueve en punto de la mañana se presentó el soldado de las barbas verdes, y cuatro minutos más tarde entraban en el Salón del Trono del Gran Oz.

Lógicamente, cada uno de ellos esperaba ver al mago bajo la forma que había adoptado la vez anterior, pero la gran sorpresa se produjo cuando después de recorrer todo el cuarto no encontraron a nadie. Estaban cerca de la puerta, muy juntos, porque el silencio del salón vacío era todavía peor que cualquiera de las formas que Oz había mostrado anteriormente.

De pronto escucharon una voz, cuya procedencia parecía ser un lugar próximo a la punta de la gran cúpula, que decía solemnemente:

—Soy Oz, el Grande y Terrible. ¿Por qué me buscáis?

Escrutaron de nuevo todos los rincones de la estancia y, al no ver a nadie, Dorothy preguntó:

—¿Dónde estás?

—Estoy en todas partes —contestó la voz—, pero para los ojos de los comunes mortales soy invisible. Ahora tomaré asiento en mi trono, para que podáis conversar conmigo.

Y en efecto, la voz pareció salir del mismo trono, de modo que se acercaron, colocándose en línea mientras Dorothy decía:

—Hemos venido a reclamar tus promesas, Gran Oz.

—¿Qué promesas? —preguntó Oz.

—Prometiste enviarme de regreso a Kansas en cuanto la Malvada Bruja hubiera sido destruida —dijo la niña.

—Y a mí me prometiste darme sesos —dijo el Espantapájaros.

—Y a mí me prometiste darme un corazón —dijo el Leñador de Hojalata.

—Y a mí me prometiste darme valor —dijo el León Cobarde.

—¿Está destruida realmente la Malvada Bruja? —preguntó la voz, que a Dorothy le pareció un poco temblorosa.

—Sí —contestó la niña—. Yo la derretí con un cubo de agua.

—¡Oh, mi querida Dorothy! —exclamó la voz.—. ¡Qué cosa tan inesperada! Volved mañana, porque necesito tiempo para pensar.

—Has tenido ya tiempo suficiente —protestó el Leñador de Hojalata, enfadado.

—No estamos dispuestos a esperar un día más —declaró el Espantapájaros.

—¡Tienes que cumplir tus promesas! —gritó Dorothy.

El León se dijo que no estaría de más asustar al mago, y lanzó un rugido tan fuerte y espantoso que *Totó* se apartó de un salto y fue a chocar con el biombo que estaba colocado en un rincón. El biombo cayó con estrépito, y al mirar allí, la sorpresa se apoderó de todos los presentes. En aquel rincón había estado escondido un hombre menudo y viejo, con la cabeza calva y la cara arrugada, y parecía tan asombrado como ellos mismos.

El Leñador de Hojalata levantó el hacha, se acercó al pequeño personaje y gritó:

—¿Quién eres tú?

—Soy Oz, el Grande y Terrible —contestó el hombrecillo con voz temblorosa—. ¡No me golpees, por favor! Haré todo lo que me pidas.

Nuestros amigos le miraron con asombro y decepción.

—Yo creía que Oz era una enorme cabeza —dijo Dorothy.

—Y yo pensaba que era una encantadora dama —dijo el Espantapájaros.

—Y yo estaba convencido de que el Gran Mago de Oz era una espantosa bestia —declaró el Leñador de Hojalata.

—Pues yo creía que era una bola de fuego —exclamó el León Cobarde.

—Nada de eso. Estabais equivocados —dijo el hombrecillo, sumisamente—. Eso es lo que quise haceros creer.

—¡Hacernos creer! —gritó Dorothy—. Entonces . . . ¿no eres un gran mago?

—¡Silencio, querida! —dijo—. No hables tan alto, que pueden oírte, y eso sería mi ruina. Se supone que soy un gran mago.

—¿Y no lo eres? —preguntó la niña.

—En absoluto, querida. Soy un hombre común y corriente.

—Eres más que eso —declaró el Espantapájaros en un tono muy serio—: ¡Eres un farsante!

—Exactamente —confesó el hombrecillo frotándose las manos, como si todo aquello le resultase divertido—. ¡Soy un farsante!

—Pero eso es terrible —dijo el Leñador de Hojalata—. ¿Cómo obtendré ahora mi corazón?

—¿Y yo mi valor? —preguntó el León.

—¿Y yo mi cerebro? —se lamentó el Espantapájaros, secándose las lágrimas con la manga.

—Queridos amigos —dijo Oz—. Os ruego que no mencionéis esas pequeñeces. Pensad en mí y en el tremendo problema en que me meteré si me descubren.

—¿Nadie más sabe que eres un farsante? —preguntó Dorothy.

—Nadie más que vosotros cuatro . . . y yo mismo —repuso Oz—. He engañado a todo el mundo durante tanto tiempo, que confiaba en que nadie lo descubriría nunca. Fue un gran error dejaros entrar en el Salón del Trono. Por regla general no veo a mis súbditos, y por eso creen que soy algo terrible.

—Pues no lo entiendo —dijo Dorothy, aturdida—. ¿Cómo te me apareciste en forma de una enorme cabeza?

—Es uno de mis trucos —contestó Oz—. Seguidme, por favor, y os lo explicaré todo.

Fueron a un pequeño cuarto detrás del Salón del Trono, y el hombrecillo les señaló un rincón en el que descansaba la gran cabeza, construida con muchas capas de papel y una cara cuidadosamente pintada.

—La colgué del techo por medio de un alambre —explicó Oz—. Yo estaba escondido detrás del biombo y tiraba de un hilo para mover los ojos y la boca.

—Pero, ¿y la voz? —inquirió Dorothy.

—Oh, soy ventrílocuo —confesó el hombrecillo—, y puedo enviar el sonido de mi voz a donde yo quiera. Tú, por ejemplo, pensaste que procedía de la cabeza. Y aquí están las otras cosas que utilicé para engañaros.

Entonces enseñó al Espantapájaros el vestido y la máscara que había usado para hacerse pasar por la encantadora dama, y el Leñador de Hojalata comprobó que la terrible bestia no era más que un montón de pieles unidas entre sí, con unas tablillas para hacer sobresalir los miembros. En cuanto a la bola de fuego, el falso mago la había colgado también del techo. En realidad se trataba de una gran pelota de algodón que ardía furiosamente si él derramaba petróleo por encima.

—Deberías avergonzarte de ser capaz de semejante farsa —le acusó el Espantapájaros.

—Lo sé; tienes razón —contestó el hombrecillo con tristeza—. Pero era lo único que podía hacer. Sentaos, por favor, hay sillas suficientes. Voy a contaros mi historia.

Tomaron asiento, pues, y escucharon el relato del viejo.

—Nací en Omaha . . .

—¡Caramba, si eso no está lejos de Kansas! —exclamó Dorothy.

—No. Queda mucho más lejos de aquí —dijo el hombre, moviendo tristemente su calva cabeza—. Cuando crecí me hice ventrílocuo y fui educado por un gran maestro. Puedo imitar cualquier tipo de voz, sea pájaro o bestia. —E imitó con tanta fidelidad el maullido de un gato que *Totó* aguzó las orejas y buscó al minino por toda la habitación—. Al cabo de un tiempo, cansado de aquel trabajo, me hice aeronauta.

—¿Qué es eso? —preguntó Dorothy.

—Un hombre que sube en globo cuando llega el circo, para que la gente se aglomere abajo y se anime a pagar la función —explicó.

—Ah, ya lo entiendo —dijo la niña.

—Pues bien; un día ascendí en mi globo y las cuerdas se enredaron, de forma que me fue imposible volver a bajar. Subí y subí, por encima de las nubes, hasta que una corriente de aire me arrastró kilómetros y kilómetros. Viajé por los aires durante un día y una noche, y a la mañana del segundo día me hallé flotando encima de un extraño y precioso país.

»El globo descendió gradualmente, sin que yo sufriera el menor daño. Entonces, me encontré en medio de una gente muy extraña, que al contemplar mi descenso desde las nubes creyó que yo era un gran mago. Evidentemente, dejé que pensaran así, pues tenían miedo de mí y prometieron hacer todo cuanto yo quisiera.

»Con la única intención de divertirme, y mantener a aquella buena gente ocupada, ordené construir esta ciudad, y mi palacio, y lo hicieron de buena gana y bien. Entonces me dije que, como el lugar era tan verde y hermoso, le pondría el nombre de Ciudad de las Esmeraldas, y para que el nombre sonara más adecuado ordené que todo el mundo llevara puestas unas gafas verdes, de forma que todo se viera verde.

—¿Acaso no es aquí todo verde? —preguntó Dorothy.

—No más verde que en cualquier otra ciudad —repuso Oz—; pero si tú llevas gafas verdes, es evidente que todo lo que mires aparecerá de color verde. La Ciudad de las Esmeraldas fue construida muchos años atrás. Yo era un jovencito cuando el globo me trajo aquí, ahora soy ya viejo. Pero mi pueblo lleva tantos años usando gafas verdes, que la mayoría cree realmente que es una Ciudad Esmeralda, y desde luego, éste es un lugar maravilloso, abundante en joyas y metales preciosos, así como en cualquier otra cosa necesaria para ser feliz. Yo he sido bueno con el pueblo, y ellos me quieren, pero desde la construcción de este palacio me encerré en él y no quise ver a nadie.

»Uno de mis mayores temores eran las brujas, porque así como yo no poseía ningún poder mágico, pronto me di cuenta de que ellas sí que eran capaces de hacer cosas increíbles. Había cuatro en este país, y gobernaban a la gente del Norte, del Sur, del Este y del Oeste. Afortunadamente, las brujas del Norte y del Sur eran buenas, y yo sabía que no me harían daño. Pero las brujas del Este y del Oeste eran terriblemente perversas, y si no hubieran creído que yo era más poderoso que ellas, me habrían destruido sin piedad. Durante muchos años he sentido un pánico mortal hacia ellas, así que podéis figuraros el alivio que experimenté al enterarme de que tu casa había aplastado a la Malvada Bruja del Este. Cuando vinisteis a verme, estaba dispuesto a prometer cualquier cosa, con tal de que eliminarais a la otra bruja. Pero ahora que

tú la has derretido, me avergüenza confesar que no puedo cumplir mis promesas.

—Creo que eres una mala persona —dijo Dorothy.

—Oh, no, querida. Soy una buena persona, pero muy mal mago, debo admitirlo.

—¿No puedes darme un cerebro? —preguntó el Espantapájaros.

—No lo necesitas. Cada día que pasa aprendes algo nuevo. Un bebé tiene cerebro, pero no es mucho lo que sabe. Sólo la experiencia proporciona sabiduría, y cuanto más tiempo lleves en la tierra, más experiencia adquirirás.

—Puede que sea cierto —dijo el Espantapájaros—, pero yo me sentiré muy desgraciado mientras no me des cerebro.

El falso mago le miró atentamente.

—Está bien —contestó al fin, con un suspiro—. No tengo mucho de mago, como dije, pero si vienes mañana por la mañana, rellenaré tu cabeza de sesos. Sin embargo, no puedo explicarte cómo usarlo: eso es algo que debes aprender tú mismo. ¿Lo comprendes?

—¡Oh, gracias! ¡Muchas gracias! —exclamó el Espantapájaros—. Encontraré la manera de utilizarlo, no temas.

—¿Y qué hay de mi valor? —preguntó el León, ansiosamente.

—Estoy seguro de que tú ya eres un valiente —contestó Oz—. Lo que te falta es confianza en ti mismo. No existe criatura viviente que no se asuste cuando se enfrenta con el peligro. El verdadero valor consiste precisamente en enfrentarse con el peligro, a pesar del miedo; y creo que esa clase de valor la posees de sobra.

—Puede que lo tenga, pero el miedo no me lo quita nadie — argumentó el León—. Yo me consideraré muy desgraciado hasta que me des esa clase de valor que hace olvidar el miedo.

—Muy bien. Mañana te conseguiré esa clase de valor.

—¿Y qué pasa con mi corazón? —preguntó el Leñador de Hojalata.

—Me parece que estás equivocado al desear un corazón —contestó Oz, tiernamente—. Sólo sirve para hacer infeliz a la gente. Si comprendieras eso, te darías cuenta de la suerte que significa no tener corazón.

—Eso es cuestión de opiniones —replicó el Leñador de Hojalata—. Yo, por mi parte, soportaré toda la desgracia sin una queja, si me concedes el corazón.

—Bueno —contestó Oz con resignación—. Ven a verme mañana y tendrás tu corazón.

—Y ahora . . . —dijo Dorothy—, ¿cómo regreso yo a Kansas?

—Tendremos que reflexionar sobre ello —contestó el hombrecillo—. Dame dos o tres días para estudiar el asunto, e intentaré encontrar la manera de transportarte por encima del desierto. Mientras tanto seréis tratados como mis huéspedes predilectos, y, durante vuestra estancia en el palacio, mi pueblo obedecerá todo cuanto ordenéis. Sólo os pido una cosa a cambio de mi ayuda: que guardéis mi secreto.

Todos se comprometieron a no decir nada y regresaron a sus habitaciones de muy buen humor. Hasta Dorothy confiaba en que el «Grande y Terrible Farsante», como ella le denominaba ahora, encontraría un modo de enviarla a Kansas.

Capítulo XVI

Las artes mágicas del Gran Farsante

A LA MAÑANA siguiente, el Espantapájaros dijo a sus amigos: —¡Felicitadme! Voy a ver a Oz para que me dé cerebro. A la vuelta seré un hombre como los demás.

—A mí siempre me gustaste tal como eras —contestó Dorothy con sencillez.

—Es muy amable de tu parte que te guste un Espantapájaros —replicó él—. Pero, sin lugar a dudas, tendrás una mejor opinión de mí cuando escuches los espléndidos pensamientos que brotarán de mi cerebro. ¿No te parece?

A continuación se despidió de sus compañeros con un tono de voz muy animado, se dirigió al Salón del Trono y golpeó entonces la puerta con los nudillos.

—Adelante —dijo Oz.

El Espantapájaros entró y vio al hombrecillo sentado junto a la ventana, sumido en profundas reflexiones.

—Vengo a buscar mi cerebro —recalcó el Espantapájaros, un poco inquieto.

—Ah, sí. Siéntate en esta silla, por favor —dijo Oz—. Tendrás que perdonarme, pero es absolutamente necesario que desmonte tu cabeza para colocar el cerebro en su sitio.

—Me parece muy bien —respondió el Espantapájaros—. Estoy de acuerdo en que me quites la cabeza, siempre y cuando sea mejor la que me pongas.

El Mago le soltó la cabeza y la vació de paja. Luego entró en el cuartito trasero y tomó una medida de salvado, es decir, cáscara de cereales desmenuzada, y lo mezcló con un puñado de alfileres y agujas. Lo sacudió todo concienzudamente y lo colocó en la parte superior de la cabeza del Espantapájaros. Después rellenó el resto con paja para mantener el «cerebro» en su sitio. Una vez sujeta la cabeza al cuerpo, dijo el Mago:

—A partir de ahora serás un gran hombre, ya que te he puesto un montón de los mejores sesos.

El Espantapájaros quedó sumamente complacido y orgulloso al ver satisfecho su mayor deseo. Después de agradecer calurosamente a Oz su servicio regresó con sus amigos.

Dorothy le miró con curiosidad. Su cabeza tenía un bulto en la coronilla, a causa del cerebro.

—¿Cómo te sientes? —preguntó.

—Me siento como un verdadero sabio —contestó el Espantapájaros con seriedad—. Cuando me haya acostumbrado a mi cerebro, lo sabré todo.

—¿Y por qué asoman en tu cabeza esas agujas y alfileres? —quiso saber el Leñador de Hojalata.

—Son la prueba de su agudeza —indicó el León.

—Bueno, ahora debo ir yo a que Oz me dé el corazón —dijo el Leñador, que se dirigió al Salón del Trono y llamó a la puerta.

—¡Adelante! —gritó Oz, y el Leñador entró y dijo:

—Vengo por mi corazón.

—Muy bien —respondió el hombrecillo—. Pero tendré que abrir un agujero en tu pecho para colocar el corazón en su sitio. Espero no hacerte daño.

—¡Oh, no te preocupes! —exclamó el Leñador.

Así, pues, Oz trajo unas tijeras de hojalatero e hizo un pequeño agujero cuadrado en el costado izquierdo del Leñador de Hojalata. Luego se dirigió a una cómoda y sacó de allí un precioso corazón, hecho enteramente de seda y relleno de serrín.

—¿No te parece una belleza?

—¡Sí que lo es! —exclamó el Leñador, desbordante de satisfacción—. Pero . . . ¿será un corazón bondadoso?

—¡Claro que sí! —afirmó Oz.

Entonces colocó el corazón en el pecho del Leñador, tapó el hueco con el trozo de hojalata cortado, y lo soldó con sumo cuidado.

—Ya está —dijo—. Ahora tienes un corazón del que cualquier hombre estaría orgulloso. Lamento haber tenido que poner un remiendo en tu pecho, pero no había otra solución.

—El remiendo no me importa —declaró el Leñador, loco de contento—. Te estoy infinitamente agradecido, y nunca olvidaré tu bondad.

—No hay de qué —contestó Oz.

El Leñador de Hojalata regresó junto a sus amigos, que le felicitaron por su buena suerte.

Ahora le tocó el turno al León. Se encaminó al Salón del Trono y golpeó la puerta.

—¡Adelante! —dijo Oz.

—Vengo en busca de mi valor —anunció el León entrando en la sala.

—Eso está muy bien —respondió el viejecillo—. En seguida te lo traigo.

Oz fue hasta un armario y, extendiendo el brazo en toda su longitud, bajó de una de las repisas más altas una botella verde de forma cuadrada, cuyo contenido vertió en un plato verde y oro, maravillosamente tallado. Lo colocó delante del León Cobarde, quien lo olisqueó con muecas de desagrado. Pero el Mago dijo:

—¡Bebe!

—¿Qué es? —preguntó el León.

—Bueno . . . —contestó Oz—. Si estuviera dentro de ti sería valor. Tú sabes, evidentemente, que la valentía está siempre dentro de uno. Por lo tanto, a este líquido no se le puede llamar valor hasta que lo hayas tragado. Así que te recomiendo que lo tomes lo antes posible.

El León no vaciló más y bebió hasta dejar el plato vacío.

—¿Cómo te sientes ahora? —preguntó Oz.

—¡Lleno de valor! —declaró el León, que regresó muy jovial junto a sus compañeros para explicarles su buena suerte.

Una vez solo, Oz sonrió al pensar en el éxito que había cosechado al dar al Espantapájaros, al Leñador de Hojalata y al León aquello que ellos pensaban que necesitaban. «¿Cómo puedo evitar ser un farsante —se dijo—, si me obligan a hacer cosas que todo el mundo sabe que son imposibles? Resultó fácil hacer felices al Espantapájaros, al Leñador y al León, porque creían que yo era capaz de todo. Pero necesitaré algo más que imaginación para devolver a Dorothy a Kansas, y la verdad es que no sé cómo conseguirlo.»

Capítulo XVII
Cómo lanzaron el globo

PASARON TRES DÍAS sin que Dorothy tuviese noticias de Oz. Fueron unos días muy tristes para la pequeña, pese a que sus amigos estaban rebosantes de felicidad y alegría. El Espantapájaros dijo que su cabeza albergaba maravillosos pensamientos, aunque no quiso explicarlos, pues sabía que, aparte de él mismo, nadie sería capaz de comprenderlos. El Leñador de Hojalata, por su parte, notaba que al pasear, el corazón le palpitaba en el pecho, y le confió a Dorothy que había descubierto que ese corazón nuevo era más tierno y bondadoso que el que poseía cuando era de carne y hueso. Y el León declaró que ya no temía a nada en el mundo, y que con gusto se enfrentaría a todo un ejército de hombres o a una docena de fieros Kalidahs.

Así, pues, cada cual de los componentes del grupo estaba satisfecho, a excepción de Dorothy, que ansiaba más que nunca regresar a Kansas.

Al cuarto día, para gran alegría de la pequeña, Oz la mandó llamar, y cuando la vio entrar en el Salón del Trono dijo amablemente:

—Siéntate, querida. Creo que he encontrado la manera de sacarte de este país.

—¿Para regresar a Kansas? —preguntó la niña, impaciente.

—Bueno, no estoy muy seguro de que sea Kansas —explicó Oz—, porque no tengo ni la más remota idea de dónde queda ese lugar. Lo primero que hay que hacer es cruzar el desierto, y luego resultará más fácil encontrar el camino de tu casa. ¿No te parece?

—¿Y cómo voy a cruzar el desierto? —inquirió Dorothy.

—Verás, voy a exponerte lo que se me ha ocurrido —contestó el hombrecillo—. Cuando llegué a este país, lo hice en globo. También tú viniste por los aires, arrastrada por un ciclón. Por consiguiente, creo que el mejor modo de cruzar el desierto será por el aire. Producir un ciclón está más allá de mis posibilidades, pero estuve reflexionando sobre el problema, y creo que podría confeccionar un globo.

—¿Cómo?

—Un globo —dijo Oz— está hecho de seda, y recubierto con cola, para que no se escape el gas. Yo tengo seda de sobra en el palacio, así que no sería difícil construir el globo. Lo malo es que en todo este país no hay gas para llenar el globo y hacer que flote.

—Y si no flota —observó Dorothy— no nos servirá de nada.

—Cierto —confirmó Oz—. Sin embargo, hay otra forma de hacer flotar el globo, y consiste en llenarlo de aire caliente. Claro que el aire caliente no es tan eficaz como el gas, porque si se enfriara, el globo caería en pleno desierto, y estaríamos perdidos.

—¿Perdidos? —exclamó la niña—. ¿Vas a venir conmigo?

—Desde luego —contestó Oz—. Estoy harto de ser un farsante. Si saliera de este palacio, mi pueblo descubriría rápidamente que no soy un mago, y se indignaría conmigo por haberle engañado. Por eso tengo que permanecer encerrado todo el día en estas habitaciones, lo cual resulta en extremo aburrido. Prefiero regresar a Kansas contigo y trabajar en un circo, como antaño.

—Estaré encantada de que me acompañes —dijo Dorothy.

—Gracias —contestó Oz—. Ahora, si me ayudas a coser los trozos de seda, empezaremos a confeccionar nuestro globo.

Dorothy tomó aguja e hilo y, mientras Oz cortaba tiras de seda y les daba forma, ella las cosía con esmero. Primero pusieron una franja de seda verde claro, luego una de seda verde oscuro, y después una de verde esmeralda, porque Oz tuvo el capricho de confeccionar el globo a base de distintos tonos de ese color. Tres días fueron necesarios para coser todas las tiras, pero cuando el trabajo estuvo terminado se encontraron con una enorme bolsa de seda verde de más de seis metros de longitud.

Oz la encoló por dentro para que no se escapase el aire, y por fin, anunció que el globo estaba a punto.

—Nos hace falta una barquilla en la que meternos —objetó, y en seguida envió al soldado de las barbas verdes en busca de un gran cesto de ropa, que sujetó con numerosas cuerdas a la parte inferior del globo.

Cuando todo estuvo a punto, Oz hizo saber a su pueblo que iba a realizar una visita a un poderoso hermano mago que vivía en las nubes. La noticia se divulgó rápidamente por toda la ciudad, y no hubo quien no acudiera a presenciar el maravilloso espectáculo.

Oz ordenó que el globo fuera colocado delante del palacio y, como es lógico, la gente lo contemplaba llena de curiosidad. El Leñador de Hojalata cortó un buen montón de leña y encendió un fuego. Mientras tanto, Oz sostenía la parte inferior del globo encima de la hoguera para que el aire caliente quedara atrapado en la bolsa de seda. Poco a poco, el globo se fue hinchando y se elevó. La barquilla apenas tocaba ya el suelo.

Entonces, Oz se introdujo en la barquilla y habló a todo su pueblo con sonora voz:

—Voy a hacer una visita. En mi ausencia seréis gobernados por el Espantapájaros. Os ordeno que le obedezcáis tal y como lo haríais conmigo.

El globo tiraba con fuerza de la cuerda que lo mantenía amarrado al suelo, porque el aire de su interior estaba ya caliente y hacía que su peso fuese mucho menor que el aire de fuera.

—¡Ven, Dorothy! —gritó el mago—. ¡Si no te das prisa el globo echará a volar!

—No encuentro a *Totó* por ninguna parte —contestó la niña, que no quería abandonar a su perrito.

Totó se había metido entre la multitud para ladrar a un gato pequeño, y a Dorothy le costó bastante trabajo encontrarle. Le agarró a toda prisa y corrió hacia el globo.

Ya estaba a pocos pasos de él, y Oz extendía los brazos para ayudarla a subir a la barquilla, cuando —¡crac!— se rompieron las cuerdas y el globo se elevó por los aires sin ella.

—¡Vuelve! —chilló la niña—. ¡Yo también quiero ir!

—¡No puedo volver, querida —gritó Oz desde su barquilla—. ¡Adiós!

—¡Adiós! —gritaron todos, con los ojos fijos en el mago, cuya barquilla ascendía más y más en el cielo.

Y eso fue lo último que vieron de Oz, el Maravilloso Mago, aunque es probable que llegase sano y salvo a Omaha, y que esté allí ahora. Lo cierto es que el pueblo le recordaba con cariño, y se decían unos a otros:

—Oz fue siempre nuestro amigo. Cuando llegó aquí, construyó para nosotros esta preciosa Ciudad de las Esmeraldas, y ahora que se ha ido, ha dejado al Sabio Espantapájaros para que gobierne en su lugar.

Aun así, durante muchos días lamentaron la ausencia del Maravilloso Mago, y no encontraban consuelo.

Capítulo XVIII

Siempre hacia el Sur

DOROTHY LLORÓ AMARGAMENTE al esfumarse sus esperanzas de volver a Kansas, aunque —bien pensado— se alegraba de no haber tenido que subir en globo. También sentía pena por la desaparición de Oz, y lo mismo les sucedía a sus compañeros.

El Leñador de Hojalata se acercó a ella y dijo:

—Realmente sería un ingrato si no llorara por el hombre que me dio mi adorado corazón. Quisiera derramar algunas lágrimas en su recuerdo, ahora que se ha ido. Si tú me haces el favor de enjugarlas, no me oxidaré.

—Con mucho gusto —contestó ella, y fue en busca de una toalla.

El Leñador de Hojalata lloró durante unos cuantos minutos bajo la cuidadosa atención de Dorothy, que iba secándole las lágrimas con la toalla.

Una vez finalizado el llanto, agradeció a la niña su amabilidad y se engrasó a fondo con su enjoyada aceitera para evitar cualquier problema.

El Espantapájaros era ahora el gobernador de la Ciudad de las Esmeraldas y el pueblo estaba orgulloso de él, aunque no fuera un Mago. «No existe en el mundo otra ciudad gobernada por un hombre relleno de paja», decían. Y estaban en lo cierto.

A la mañana siguiente de la partida de Oz, los cuatro viajeros se reunieron en el Salón del Trono para tratar de sus asuntos. El Espantapájaros tomó entonces asiento en el gran trono y todos los demás permanecieron respetuosamente de pie delante de él.

—No somos tan desgraciados —dijo el nuevo gobernante—, ya que este palacio y la Ciudad de las Esmeraldas nos pertenecen y podemos hacer lo que nos plazca. Cuando recuerdo que, no hace mucho tiempo, yo estaba sujeto a un palo en el maizal de un campesino, y que ahora soy el gobernador de esta maravillosa ciudad, estoy muy satisfecho de mi suerte.

—Yo también estoy muy contento con mi nuevo corazón —comentó el Leñador de Hojalata—. Realmente era la cosa que más deseaba en el mundo.

—Yo, por mi parte, me siento totalmente complacido al saber que soy tan valeroso como cualquier otra fiera que haya existido, si no más —declaró el León, modestamente.

—Si Dorothy aceptase vivir en la Ciudad de las Esmeraldas —continuó el Espantapájaros—, podríamos ser muy felices, todos juntos.

—¡Pero yo no quiero quedarme aquí! —exclamó Dorothy—. Deseo regresar a Kansas y vivir con tía Em y tío Henry.

—Bueno, pero . . . ¿qué podemos hacer? —preguntó el Leñador.

El Espantapájaros decidió reflexionar, y se esforzó tanto, que las agujas y los alfileres empezaron a asomar fuera de su cerebro. Finalmente dijo:

—¿Por qué no llamamos a los monos alados y les pedimos que te trasladen al otro lado del desierto?

—¡Nunca se me hubiera ocurrido! —gritó Dorothy, entusiasmada—. Es justamente lo que conviene hacer. Ahora mismo voy a buscar el gorro de oro.

Regresó con él al Salón del Trono y pronunció las palabras mágicas. Poco después, la bandada de monos alados penetró por una ventana abierta y se situó delante de ella.

—Ésta es la segunda vez que nos llamas —dijo el rey de los monos, inclinándose ante la pequeña—. ¿Cuál es tu deseo?

—Que me llevéis volando a Kansas —dijo Dorothy.

Pero el rey de los monos meneó la cabeza.

—Eso no es posible —se excusó—. Nosotros pertenecemos únicamente a este país, y no nos está permitido alejarnos de él. Nunca estuvo un mono alado en Kansas, y supongo que nunca lo estará, pues no le corresponde. Te serviremos con agrado en todo aquello que esté en nuestro poder, pero no podemos cruzar el desierto. Adiós.

Y con otra reverencia, el rey de los monos extendió sus alas y salió volando por la ventana, seguido por toda su banda.

Dorothy estaba a punto de llorar por el disgusto.

—He desperdiciado inútilmente la magia del gorro de oro —se lamentó—. Los monos alados no pueden ayudarme.

—¡Ciertamente, es una pena! —exclamó el Leñador de corazón tierno.

El Espantapájaros volvió a cavilar, y su cabeza se abultó de tal manera, que Dorothy temió que le estallara.

—Llamemos al soldado de las barbas verdes —dijo—, y pidámosle consejo.

Llamaron al soldado y éste entró en el Salón del Trono con gran timidez, porque en tiempos de Oz jamás se le había permitido pasar de la puerta.

—Esta niña desea atravesar el desierto —le comunicó el Espantapájaros—. ¿Cómo puede conseguirlo?

—No puedo decírtelo —respondió el soldado—. Nadie lo ha cruzado, a no ser el propio Oz.

—¿No hay nadie que pueda ayudarme? —preguntó Dorothy, muy seria.

—Glinda, quizá —sugirió.

—¿Quién es Glinda? —quiso saber el Espantapájaros.

—La Bruja del Sur. Es la más poderosa de todas las brujas y reina sobre los Quadlings. Además, su castillo se halla situado al borde del desierto, y tal vez sepa cómo cruzarlo.

—Glinda es una bruja buena, ¿verdad? —preguntó la niña.

—Eso opinan los Quadlings —informó el soldado—, y desde luego es amable con todo el mundo. He oído decir que Glinda es una mujer muy hermosa, que sabe cómo mantenerse joven a pesar de los muchos años que ha vivido.

—¿Cómo puedo llegar a su castillo? —quiso saber Dorothy.

—El camino avanza directo hacia el Sur —contestó—, pero dicen que está sembrado de peligros para los viajeros. Hay bestias salvajes agazapadas en los bosques, y por si fuera poco, vive allí una raza de extraños hombres a quienes no les gusta nada que los forasteros atraviesen su país. Por esta razón, ningún Quadling ha venido jamás a la Ciudad de las Esmeraldas.

Cuando el soldado les hubo dejado, el Espantapájaros dijo a sus amigos:

—A pesar de los peligros, creo que lo mejor que Dorothy puede hacer es dirigirse a la Tierra del Sur y pedir ayuda a Glinda. De seguir aquí, nunca regresará a Kansas.

—Has debido de estar pensando de nuevo —observó el Leñador de Hojalata.

—Lo he hecho —contestó el Espantapájaros.

—Yo acompañaré a Dorothy —declaró el León—, porque estoy cansado de vuestra ciudad y añoro los bosques y el campo abierto. Al fin y al cabo soy una fiera salvaje. Además, Dorothy necesita que alguien la proteja.

—¡Eso es cierto! —asintió el Leñador—. Mi hacha puede prestarle buenos servicios, de modo que yo también iré con ella a la Tierra del Sur.

—¿Cuándo partiremos? —preguntó el Espantapájaros.

—¿Tú también vienes? —exclamaron todos, sorprendidos.

—¡Desde luego! De no ser por Dorothy, jamás habría conseguido mi cerebro. Ella me arrancó del palo en el maizal y me trajo a la Ciudad de las Esmeraldas. Por consiguiente, le debo a ella toda mi suerte, y no la abandonaré hasta que llegue definitivamente a Kansas.

—¡Gracias! —dijo la niña, conmovida—. Sois muy buenos conmigo. Pero quisiera partir lo antes posible.

—Nos iremos mañana por la mañana —decidió el Espantapájaros—. Y ahora preparémoslo todo, porque el viaje será largo.

Capítulo XIX

Atacados por los árboles luchadores

A LA MAÑANA SIGUIENTE, Dorothy dio un beso de despedida a la bonita muchacha verde y todos estrecharon la mano al soldado de las barbas verdes, que les acompañó hasta la puerta. Cuando el Guardián de las Puertas les vio, se extrañó de que abandonasen la preciosa ciudad para exponerse a nuevos peligros. No obstante, les quitó las gafas, que guardó otra vez en la gran caja verde, y les deseó lo mejor para el viaje.

—Ahora tú eres nuestro gobernador —dijo al Espantapájaros—, así que tienes que volver lo antes posible.

—Lo haré, si puedo —contestó el Espantapájaros—, pero antes debo ayudar a Dorothy a llegar a su casa.

La niña se despidió definitivamente del bondadoso Guardián de las Puertas y le dijo:

—He sido tratada con extraordinaria amabilidad en vuestra encantadora ciudad, y todo el mundo ha demostrado ser bueno conmigo. No tengo palabras para expresarte mi agradecimiento.

—Ni lo intentes, pequeña —contestó él—. A nosotros nos gustaría que te quedases aquí, pero ya que tu deseo es regresar a Kansas, confío en que lo logres.

Y dicho esto, abrió la puerta de la muralla exterior, y los amigos echaron a andar y empezaron su viaje.

El sol brillaba esplendorosamente cuando los viajeros tomaron el camino que conducía a la Tierra del Sur. Iban muy animados, riendo y charlando entre sí. Dorothy había recuperado las esperanzas de regresar a su hogar, y el Espantapájaros y el Leñador de Hojalata se alegraban de poder ser útiles. El León husmeaba el aire fresco y agitaba la cola de un lado a otro, contento de verse de nuevo en el campo abierto, mientras que Totó correteaba a su alrededor y perseguía polillas y mariposas, ladrando de alegría.

—La vida en la ciudad no es de mi agrado —comentó el León, mientras avanzaban a buen paso—. He perdido muchas fuerzas en el tiempo que he vivido allí. Ahora estoy ansioso por demostrar a los demás animales lo valiente que me he vuelto.

En aquel momento miraron para atrás y contemplaron por última vez la Ciudad de las Esmeraldas. Sólo se distinguía ya una masa de torres y campanarios detrás de las verdes murallas, y más arriba, sobresaliendo por encima de todo, los capiteles y la cúpula del palacio de Oz.

—Después de todo, Oz no era un mago tan malo —observó el Leñador de Hojalata, que sentía palpitar el corazón dentro de su pecho.

—A mí supo darme un cerebro, lleno de magníficos sesos —declaró el Espantapájaros.

—Si Oz hubiera tomado una dosis del mismo brebaje que me dio a mí, se habría convertido en un hombre valiente —añadió entonces el León Cobarde.

Dorothy no dijo nada. Oz no había cumplido la promesa que le hiciera, pero había demostrado buena intención, y ella le perdonaba. Como él mismo decía, era un buen hombre, aunque como mago fuera malo. Por lo menos era sincero.

Ese primer día el camino les condujo a través de los verdes campos de alegres flores que se extendían por todas partes alrededor de la Ciudad de las Esmeraldas. Durmieron sobre la hierba, sin otro techo encima que las estrellas, y lo cierto es que descansaron muy a gusto.

Por la mañana anduvieron hasta llegar a un espeso bosque. No había manera de bordearlo, ya que a derecha e izquierda parecía alargarse hasta el infinito y, además, no se atrevían a cambiar de dirección por temor a extraviarse. En consecuencia, buscaron el punto donde la entrada al bosque fuera menos complicada.

El Espantapájaros, que marchaba a la vanguardia del grupo, descubrió un gran árbol cuyas ramas se extendían lo suficiente para permitirles pasar por debajo. Avanzó hacia él, pero cuando llegó junto a las primeras ramas, éstas se inclinaron y se enroscaron a su alrededor, y al momento siguiente se vio levantado del suelo y arrojado de cabeza en medio de sus compañeros.

El Espantapájaros no se había hecho daño, pero estaba tan sorprendido que, cuando Dorothy le ayudó a incorporarse, estaba todavía aturdido. No había para menos.

—Aquí hay otro espacio entre los árboles —señaló entonces el León Cobarde.

—Deja que lo intente yo primero —dijo el Espantapájaros—. A mí no pueden hacerme daño.

Y avanzó resueltamente hacia el otro árbol mientras hablaba, pero sus ramas le agarraron de inmediato y le arrojaron de nuevo hacia atrás.

—¡Qué cosa tan extraña! —exclamó Dorothy—. ¿Qué podemos hacer? ¿Se os ocurre algo?

—Parece que los árboles están dispuestos a combatirnos e impedir que continuemos el viaje —observó el León.

—Voy a intentar derrotarles —dijo entonces el Leñador, y empuñando el hacha se dirigió hacia el primer árbol que había tratado con tanta brusquedad al Espantapájaros.

Una enorme rama se inclinaba ya para apoderarse de él, pero el Leñador de Hojalata la golpeó con toda la fuerza de su hacha y la partió en dos. Un instante después, el árbol empezó a sacudir todas sus ramas como si sintiera dolor, y el Leñador pudo pasar por debajo de él.

—¡Seguidme! —gritó a sus compañeros—. ¡Rápido!

Se lanzaron, pues, hacia delante y pasaron por debajo sin sufrir daño, a excepción de *Totó*, que fue atrapado por una rama pequeña y sacudido hasta que soltó un aullido. El Leñador asestó otro hachazo al malvado árbol y el perrito quedó libre.

El resto de los árboles del bosque no hizo nada por detener a los viajeros, de modo que llegaron a la conclusión de que sólo la primera fila de árboles tenía el poder de retorcer sus ramas, y que éstos debían ser los guardianes del bosque, disponiendo de esta fantástica facultad para impedir que los intrusos penetrasen en él.

Los cuatro amigos caminaron con tranquilidad por entre los árboles hasta llegar al otro extremo del bosque. Allí, para su gran sorpresa, quedaron detenidos ante una pared que parecía hecha de porcelana blanca. Era tan lisa como la superficie de un plato, y sobrepasaba sus cabezas.

—¿Qué haremos ahora? —preguntó Dorothy.

—Yo construiré una escalera —dijo el Leñador de Hojalata—, porque, desde luego, tenemos que pasar por encima de este muro.

Capítulo XX

El delicado país de porcelana

MIENTRAS EL LEÑADOR construía una escalera con las maderas que encontró en el bosque, Dorothy se tumbó en el suelo y se quedó dormida, pues estaba cansada por la larga caminata. Al León también le entró sueño y se echó a descansar con *Totó* a su lado.

El Espantapájaros observaba el trabajo del Leñador, y dijo:

—No consigo comprender por qué está aquí este muro, ni de qué material es.

—Deja que tus sesos descansen y no te preocupes por el muro —replicó el Leñador—. Cuando lo hayamos salvado, sabremos qué nos aguarda al otro lado.

Al cabo de un rato, la escalera estuvo terminada. Era un poco basta, pero el Leñador de Hojalata tenía la certeza de que sería resistente y adecuada a sus propósitos. El Espantapájaros despertó a Dorothy, al León y a *Totó* para decirles que la escalera ya estaba a punto. El Espantapájaros fue el primero en subir, pero sus movimientos eran tan torpes que Dorothy tuvo que ir detrás de él para evitar que cayese. Por fin, asomó la cabeza por encima del muro y exclamó:

—¡Cielos!

—Continúa —le dijo la niña.

El Espantapájaros continuó subiendo y se sentó encima del muro. Entonces, Dorothy asomó la cabeza, y también exclamó:

—¡Cielos!

El siguiente en subir fue *Totó*, que inmediatamente se puso a ladrar, pero Dorothy le ordenó que se callase y permaneciese tranquilo.

Después subió el León, seguido del Leñador de Hojalata, que cerraba el grupo. Al mirar por encima del muro, ambos lanzaron idéntico grito. Por fin, se sentaron junto a los demás y contemplaron algo muy extraordinario.

Ante ellos se extendía una gran franja de terreno tan liso, reluciente y blanco como el fondo de una fuente. Había muchas casitas diseminadas, construidas enteramente de porcelana y pintadas con los más alegres colores. Estas casitas eran muy pequeñas: la mayor de ellas le llegaba a Dorothy por la cintura. También había hermosos graneros chiquitines, con vallas de porcelana alrededor, y muchas vacas, ovejas, caballos, cerdos y gallinas igualmente de porcelana, formando grupos. Pero lo más sorprendente de todo era la gente que vivía en aquel curioso país. Había lecheras y pastoras ataviadas con corpiños multicolores y vestidos salpicados de lunares de oro. Las princesas lucían las más suntuosas ropas de plata, oro y púrpura, y los pastores llevaban calzones cortos a rayas verticales amarillas, azules y rosas, así como hebillas doradas en sus zapatos. Los príncipes se paseaban con enjoyadas coronas en sus cabezas, mantos de armiño y jubones de raso. También corrían por allí divertidos payasos enfundados en trajes con volantes fruncidos, redondas manchas rojas en las mejillas y altos y puntiagudos gorros. Pero lo más asombroso era que todas aquellas figuras eran de porcelana, incluso su ropa, y que la más alta de ellas no llegaba ni a la rodilla de Dorothy.

De momento, ninguno de aquellos personajes dedicó ni una sola mirada a los viajeros, excepto un perrito de porcelana de color morado, con una cabeza enorme, que se acercó al muro y se puso a ladrarles con su voz diminuta, para luego volver a marcharse corriendo.

—¿Cómo bajaremos? —preguntó Dorothy.

La escalera resultó tan pesada que no pudieron subirla, de manera que el Espantapájaros se dejó caer y los demás saltaron encima de él, para no hacerse daño en los pies con el duro suelo. Desde luego, pusieron el máximo cuidado en no aterrizar sobre su cabeza, porque se les habrían clavado los alfileres en los pies. Cuando estuvieron abajo, ayudaron a levantarse al Espantapájaros, que había quedado bastante aplastado, y volvieron a darle forma.

—Tenemos que atravesar este extraño lugar y llegar al otro lado —dijo Dorothy—. Sería imprudente apartarse del camino que conduce al Sur.

Se pusieron a andar por el país de las figuras de porcelana, y lo primero que encontraron fue una pequeña lechera de porcelana que ordeñaba una vaca también de porcelana. Al acercarse, la vaca soltó una súbita coz y derribó el taburete, el cubo e incluso a la ordeñadora, y todo cayó con gran estrépito sobre el suelo de porcelana.

Dorothy se alarmó al ver que la vaca se había roto la pata y que el cubo estaba hecho añicos, mientras que la pobre lechera tenía una desconchadura en el codo izquierdo.

—¡Mirad lo que habéis hecho! —gritó la lechera, indignada—. Mi vaca se ha roto una pata, y tendré que llevarla al taller para que se la peguen de nuevo. ¿Qué pretendéis viniendo aquí y asustando a mi vaca? ¡Eh! ¡Vamos! ¡Decid algo!

—Lo siento de veras —dijo Dorothy—. Discúlpanos, por favor. No queríamos causarte daño.

Pero la bonita lechera estaba demasiado enfadada para responder. Recogió la pata con gesto arisco y se llevó la vaca, que la siguió cojeando sobre las otras tres. Mientras se alejaba, arrojó por encima de su hombro varias miradas de reproche a los torpes forasteros, a la vez que apretaba contra su costado el codo lastimado.

Dorothy lamentó mucho el accidente.

—Debemos de andar con sumo cuidado por aquí —observó el Leñador de tierno corazón—. De lo contrario podríamos causar a esta preciosa gentecilla un daño irreparable.

Un poco más adelante, Dorothy se encontró con una hermosa princesita ricamente ataviada que, al ver a los desconocidos, se detuvo en seco y emprendió la fuga.

Dorothy quería ver más de cerca a la princesa y echó a correr detrás de ella, pero la muchacha de porcelana gritó:

—¡No me persigas!

—¿Por qué no?

—Porque —contestó la princesa jadeando y deteniéndose a una distancia segura— si corro, puedo caerme y sufrir alguna rotura.

—¿Y no podrían arreglarte? —preguntó la niña.

—Oh, sí, pero una no vuelve a quedar tan bonita después de una reparación, ¿sabes? —contestó entonces la princesa.

—Supongo que no —admitió Dorothy.

—Mira, allí tienes a don Guasón, uno de nuestros payasos —prosiguió la dama de porcelana—. Siempre intenta ponerse cabeza abajo, y se ha roto ya tantas veces que está restaurado por todas partes y no resulta nada bonito. Viene hacia aquí; podrás comprobarlo por ti misma.

En efecto, un alegre y pequeño payaso se les acercó, y Dorothy advirtió que, pese a sus bonitas ropas rojas, amarillas y verdes, estaba totalmente cubierto de resquebrajaduras, lo que demostraba que había sido pegado en muchas ocasiones.

El payaso se metió las manos en los bolsillos y, después de inflar las mejillas y menear la cabeza con descaro, dijo:

«Mi encantadora damisela,
¿por qué tanto mirar
al pobre y viejo Guasón?
¡Estás tan tiesa y pizpireta
en tu arrogante vanidad,
cual si hubieras tragado un bastón!»

—¡Silencio, caballero! —
protestó la princesa—.
¿Acaso no ves que son ex-
tranjeros y deben ser tratados
con respeto?

—Bien, supongo que esto
es señal de respeto —repuso
el payaso, colocándose
cabeza abajo.

—No hagáis caso a
don Guasón —dijo la
princesa—. Tiene la
cabeza tan estropeada
que se ha vuelto loco.

—Oh, no le hago ningún caso —contestó Dorothy—. Tú, en cambio,
eres tan hermosa —continuó— que estoy segura de que podría quererte
muchísimo. ¿No me dejarías llevarte conmigo a Kansas y colocarte en la
repisa de la chimenea de tía Em? Podría transportarte en mi cesta. ¿Qué
dices a eso?

—Eso me haría muy desdichada —respondió la princesa de
porcelana—. Como ves, en nuestro país vivimos contentos y podemos
movernos a placer. Si alguno de nosotros sale de este lugar, en seguida se
le ponen rígidas las articulaciones, y entonces sólo sirve para estar
inmóvil y resultar un objeto bonito. Desde luego, eso es lo que se espera
de nosotros cuando se nos coloca en repisas, vitrinas y mesas de salón,

pero nuestras vidas son mucho más agradables en nuestro propio país. Sí, aquí vivimos muy felizmente.

—¡Yo no quisiera hacerte desgraciada por nada del mundo! — exclamó Dorothy—. Por eso te diré adiós.

—¡Adiós!— contestó la princesa.

—Vive feliz— repuso la niña.

Los amigos caminaron con extrema cautela a través de aquel mundo de porcelana. Los pequeños animales y las gentes que se encontraban en las calles huían precipitadamente al verles pasar, temiendo que aquellos desconocidos les quebrasen. Al cabo de una hora, más o menos, los viajeros llegaron al otro extremo del país y se enfrentaron con otra muralla de porcelana.

Afortunadamente, ésta no era tan alta como la primera y pudieron saltarla subiendo al lomo del León. Por último, el León encogió sus patas y saltó sobre el muro, derribando con el rabo una iglesia de porcelana que se hizo añicos.

—¡Qué lástima! —exclamó Dorothy—. Sin embargo, creo que ha sido una suerte no hacer más daño a esa gente que la fractura de una pata de vaca, y ahora lo de la iglesia.

—Sí que lo es, en efecto —asintió el Espantapájaros—, y yo soy feliz por estar hecho de paja y no poder lesionarme tan fácilmente. En el mundo hay cosas peores que ser un Espantapájaros.

Capítulo XXI

El León se convierte en el Rey de los Animales

NADA MÁS SALTAR la muralla de porcelana, los viajeros se encontraron en una región muy desagradable, llena de lodazales y marismas, y cubierta de alta y espesa hierba. Resultaba extraordinariamente complicado avanzar sin caer en hoyos cenagosos, porque la tupida hierba no permitía distinguirlos. No obstante, gracias a la atención que ponían en tantear el terreno donde colocaban el pie, lograron llegar sin novedad a suelo firme. Pero ahora aquel lugar parecía más agreste que nunca, y tras una larga y fatigosa caminata a través de la maleza penetraron en una zona selvática cuyos árboles eran los más robustos y viejos que habían encontrado jamás.

—Esta selva es una verdadera maravilla —declaró el León, mirando satisfecho a su alrededor—. Nunca había visto un lugar más hermoso.

—Parece muy tenebroso —observó el Espantapájaros.

—En absoluto —contestó el León—. Me gustaría pasar aquí toda la vida. Fijaos en lo suaves que son las hojas secas que pisáis, y en lo rico y verde que es el musgo adherido a los viejos árboles. No existe un hogar más acogedor para una fiera.

—Puede que haya fieras salvajes en este bosque —dijo Dorothy.

—Supongo que sí —comentó el León—, pero no veo ninguna.

Caminaron por la selva hasta que se hizo demasiado oscuro para seguir avanzando. Dorothy, *Totó* y el León se echaron a dormir, mientras el Leñador y el Espantapájaros montaban la guardia, como de costumbre.

Prosiguieron su camino al amanecer. No habían llegado muy lejos cuando percibieron un rumor sordo, que parecía estar formado por el gruñido de muchos animales salvajes. *Totó* gimoteó un poco, pero ninguno de los demás se asustó, y continuaron por aquella trillada senda hasta desembocar en un claro donde estaban reunidos cientos de animales de todas las especies. Había tigres, elefantes, osos, lobos y zorros, y, en fin, todos cuantos existen en la historia natural. A Dorothy le entró un poco de miedo, pero el León le explicó que los animales celebraban una asamblea, y por sus gruñidos y murmullos llegó a la conclusión de que tenían serios problemas.

Estas palabras llegaron a oídos de algunas de las fieras, que se quedaron mirándole con gran respeto. La asamblea se calló como por arte de magia. El más corpulento de los tigres se dirigió al León y, haciendo una reverencia, dijo:

—¡Bienvenido seas, Rey de los Animales! Llegas a tiempo de combatir a nuestro enemigo y devolver la paz a los habitantes de la selva.

—¿Cuál es vuestro problema? —preguntó el León, sin inmutarse.

—Vivimos amenazados por un feroz enemigo que hace poco llegó a esta selva —explicó el tigre—. Se trata de un tremendo monstruo, parecido a una gigantesca araña, con el cuerpo tan grande como el de un elefante, y patas gruesas como troncos. Tiene ocho patas, y, cuando se arrastra por la selva, agarra a un animal con una de sus patas y se lo lleva a la boca, devorándolo como hacen las arañas con las moscas. Mientras ese espantoso monstruo viva, ninguno de nosotros estará a salvo. Precisamente habíamos convocado esta reunión para estudiar el problema, cuando has llegado tú.

El León reflexionó un momento.

—¿Hay más leones en esta selva? —preguntó.

—No. Había algunos, pero el monstruo se los comió a todos. Además, ninguno era tan grande y valiente como tú.

—Si acabo con vuestro enemigo, ¿os inclinaréis ante mí y me obedeceréis como Rey de la Selva? —inquirió el León.

—¡Lo haremos con mucho gusto! —repuso el tigre, y los demás animales rugieron al unísono—: ¡Sí, lo haremos!

—¿Dónde está ahora esa monstru-osa araña? —preguntó el León.

—Allá, entre las encinas —indicó el tigre, señalando el lugar con una de sus patas delanteras.

—Cuidad bien de mis amigos —dijo el León—. Yo iré a combatir al monstruo.

Se despidió de sus compañeros y se encaminó con paso orgulloso a presentar batalla a su feroz enemigo.

La gigantesca araña estaba dormida cuando el León la encontró, y resultaba tan horrible y asquerosa que su atacante torció el hocico con gesto de asco. Tenía las patas tan largas como el tigre había dicho, y su cuerpo aparecía cubierto de áspero pelo negro. La boca era descomunal, con una hilera de afilados dientes de palmo y medio de largo, pero la cabeza estaba unida al voluminoso cuerpo por un cuello tan delgado como el talle de una avispa. Esto le sugirió al León una idea de cómo atacar mejor al monstruo, y consciente de que sería más fácil vencerle dormido que despierto, dio un poderoso salto y aterrizó sobre su espalda. Entonces, de un furioso zarpazo, separó la cabeza del tronco. Se lanzó al suelo con otro vigoroso salto y vigiló a la espantosa criatura hasta que sus patas dejaron de agitarse y comprobó que estaba muerta.

El León regresó al claro donde le esperaban los demás animales y dijo con orgullo:

—Ya no tenéis nada que temer de vuestro enemigo.

Los animales se postraron ante él, proclamándole su Rey, y el León prometió volver y gobernarles tan pronto como Dorothy estuviese sana y salva camino de Kansas.

Capítulo XXII

El país de los Quadlings

L OS CUATRO VIAJEROS atravesaron el resto de la selva sin problemas, y cuando salieron de su oscuridad se hallaron ante una empinada colina, cubierta de grandes rocas.

—Va a ser difícil la ascensión —dijo el Espantapájaros—, pero necesitamos alcanzar ese cerro como sea.

Se puso a la cabeza del grupo y los demás le siguieron.

Estaban ya cerca de la primera roca cuando oyeron una voz áspera que les gritaba:

—¡Retroceded!

—¿Quién eres? —preguntó el Espantapájaros.

Una cabeza asomó por encima de la roca, y la misma voz de antes contestó:

—Esta colina nos pertenece, y no permitiremos que nadie pase por ella.

—Nosotros necesitamos hacerlo —dijo el Espantapájaros—. Vamos al país de los Quadlings.

—¡Pues no iréis! —replicó la voz.

Entonces, salió de detrás de la piedra, y los viajeros contemplaron al hombre más extraño que habían visto en su vida.

Era bajo y ancho, con una cabezota plana sostenida por un grueso cuello lleno de arrugas. Pero lo más singular de todo era que carecía de brazos, y el Espantapájaros, al fijarse en ese detalle, pensó que una criatura tan indefensa no sería capaz de impedirles escalar la colina. Por lo tanto, dijo:

—Siento no poder acceder a tus deseos, pero tenemos que ascender por vuestra colina, tanto si queréis como si no.

Y avanzó con decisión.

A la velocidad del rayo, la cabeza del hombre se disparó hacia delante y golpeó con su parte plana en la barriga del Espantapájaros, que cayó rodando colina abajo. Con la misma rapidez, la cabeza volvió a su sitio, y el hombre soltó una sonora carcajada, a la vez que decía:

—¡No es tan fácil como creías!

Un coro de risotadas salió de las demás rocas, y Dorothy vio centenares de cabezas en la ladera, detrás de cada roca.

El León se indignó por las carcajadas que había suscitado el accidente del Espantapájaros y, rugiendo como un trueno, se lanzó colina arriba. Una nueva cabeza salió disparada y el valeroso León cayó rodando colina abajo, como si le hubiera golpeado una bala de cañón.

Dorothy corrió a ayudar a su amigo a levantarse. El León, lleno de magulladuras, dijo:

—Es inútil combatir contra esa gente que dispara sus cabezotas. No hay quien pueda con ellos.

—¿Qué haremos, pues? —preguntó Dorothy.

Llamar a los monos alados —sugirió el Leñador de Hojalata—. Todavía tienes derecho a llamarles una vez más.

—Está bien —dijo Dorothy, colocándose el gorro de oro y pronunciando las palabras mágicas.

Los monos alados se presentaron tan rápidos como siempre, y a los pocos momentos tenía ante ella a toda la bandada.

—¿Qué ordenas? —preguntó el rey de los monos con una reverencia.

—Llevadnos por encima de la colina hasta el país de los Quadlings —contestó la niña.

—Así se hará —dijo el rey.

Al momento, los monos alados alzaron en brazos a los viajeros, sin olvidar a *Totó,* y emprendieron el vuelo.

Cuando pasaron por encima de la colina, los Cabezas de Martillo chillaron enojados y arrojaron sus cabezas al aire, pero no consiguieron alcanzar a los monos alados, que trasladaron a Dorothy y sus compañeros al otro lado, depositándoles en el hermoso país de los Quadlings.

—Ésta ha sido la última vez que podías utilizarnos —le dijo el rey de los monos a Dorothy—, de modo que . . . ¡Adiós y buena suerte!

—¡Adiós, y muchas gracias! —contestó la niña.

Y los monos alados levantaron el vuelo y desaparecieron en el horizonte en un abrir y cerrar de ojos.

El país de los Quadlings parecía rico y feliz. Había campos labrados, con el grano maduro, y entre ellos, senderos perfectamente pavimentados, y alegres y murmuradores arroyos cruzados por sólidos puentes. Las vallas, las casas y los puentes estaban pintados de rojo. Así como en el país de los Winkis el color preferido era el amarillo, y en el de los

Munchkins el azul, aquí, los Quadlings, que eran bajitos y regordetes, y de buen carácter, preferían el rojo, y así iban vestidos. Esto producía un gran contraste con el verde césped y las doradas espigas.

Los monos alados les habían dejado cerca de una granja, y hacia allí dirigieron sus pasos. Llamaron a la puerta y les abrió la mujer del granjero. Dorothy pidió algo de comer y la buena campesina les sirvió un buen almuerzo, con tres clases de pastel y cuatro clases de tortitas, y un cuenco de leche para *Totó*.

—¿Queda muy lejos el castillo de Glinda? —preguntó la niña.

—No mucho —contestó la mujer del granjero—. Tomad el camino del Sur y pronto llegaréis.

Dieron las gracias a la buena mujer y reanudaron la marcha, caminando junto a los verdes campos y cruzando los encantadores puentes, hasta que al fin divisaron un maravilloso castillo. Delante de las puertas había tres muchachas vestidas con relucientes uniformes rojos adornados con trencillas de oro. Cuando Dorothy se acercó a ellas, una le dijo:

—¿Para qué habéis venido a la Tierra del Sur?

—Para ver a la buena bruja que gobierna aquí —contestó la niña—. ¿Queréis llevarme ante ella?

—Decidme vuestro nombre y preguntaré a Glinda si os quiere recibir.

Así, pues, los amigos dieron sus nombres y la muchacha soldado entró en el castillo. Al rato volvió a salir para anunciar a Dorothy y a los demás que Glinda les recibiría encantada.

Capítulo XXIII

La Buena Bruja concede su deseo a Dorothy

ANTES DE SER presentados ante Glinda, los viajeros fueron conducidos a una habitación del castillo, donde Dorothy se aseó y cepilló sus cabellos, el León se sacudió el polvo de sus melenas, el Espantapájaros se dio unos golpecitos para estar en buena forma, y el Leñador lustró su cuerpo de hojalata y engrasó sus articulaciones.

Cuando estuvieron presentables, siguieron a la muchacha soldado a un gran salón, donde la bruja Glinda ocupaba un trono de rubíes.

Era hermosa y joven. Su cabello, de un intenso color rojo, caía en dos cascadas de bucles sobre los hombros. Lucía un vestido blanco como la nieve, pero sus ojos eran azules y miraban a la niña con cariño.

—¿Qué puedo hacer por ti, mi pequeña? —preguntó.

Dorothy relató a la bruja toda su historia: cómo el ciclón la había transportado a la Tierra de Oz, cómo había encontrado a sus compañeros, y las maravillosas aventuras que les habían sucedido.

—Ahora, mi mayor deseo es volver a Kansas —añadió—, ya que tía Em creerá, seguramente, que me ha ocurrido algo terrible, y eso la hará vestirse de luto. Pero tío Henry no puede permitirse ese gasto, a menos que las cosechas sean mejores de lo que fueron el año pasado.

Glinda se inclinó hacia ella y besó el dulce rostro de la niña.

—Bendito sea tu tierno corazón —dijo—. Estoy segura de poder enseñarte la manera de regresar a Kansas. —Y agregó—: Pero, si lo hago, tendrás que regalarme el gorro de oro.

—¡Con mucho gusto! —exclamó Dorothy—. De hecho, a mí no me sirve ya, y cuanto tú lo tengas, podrás llamar tres veces a los monos alados.

—Creo que necesitaré sus servicios justamente tres veces —respondió sonriente Glinda.

Dorothy entregó a la bruja el gorro de oro, y ésta preguntó al Espantapájaros:

—¿Qué piensas hacer cuando Dorothy nos haya dejado?

—Volveré a la Ciudad de las Esmeraldas —contestó el Espantapájaros—. Oz me nombró su gobernador y el pueblo me quiere. Lo único que me preocupa es cómo cruzar la colina de los Cabezas de Martillo.

—Por medio del gorro de oro yo ordenaré a los monos alados que te transporten hasta las puertas de la Ciudad de las Esmeraldas —dijo Glinda—. Sería una vergüenza privar al pueblo de un gobernante tan maravilloso.

—¿De verdad soy maravilloso? —preguntó el Espantapájaros.

—Eres extraordinario —replicó Glinda.

Después miró al Leñador de Hojalata y preguntó:

—¿Y qué será de ti cuando Dorothy abandone este país?

El Leñador se apoyó en su hacha, reflexionó unos segundos, y dijo:

—Los Winkis fueron muy amables conmigo y querían que les gobernase una vez muerta la Malvada Bruja. Yo les tengo afecto, y si puedo volver a la Tierra del Oeste nada me complacería más que gobernarles para siempre.

—Mi segunda orden a los monos alados sera que te conduzcan sano y salvo al país de los Winkis. Puede que tu cerebro no sea tan grande como el del Espantapájaros, pero, desde luego, eres más brillante que él —cuando estás bien pulido—, y tengo la certeza de que gobernarás a los Winkis con sabiduría y bondad.

A continuación, la bruja miró al enorme y melenudo León, y le hizo la misma pregunta:

—Cuando Dorothy haya regresado a su hogar, ¿qué harás tú?

—Al otro lado de la colina de los Cabezas de Martillo se extiende una selva grande y antigua. Los animales que viven allí me nombraron su rey. Si pudiera regresar allí, mi vida transcurriría en completa felicidad.

—Mi tercera orden a los monos alados será la de trasladarte a aquella selva —dijo Glinda—. Y después de haber agotado la magia que me concede el gorro, se lo devolveré al rey de los monos, para que sean libres para siempre.

El Espantapájaros, el Leñador de Hojalata y el León expresaron su agradecimiento a la buena bruja, por su bondad, pero Dorothy exclamó:

—Desde luego, eres tan buena como hermosa, pero aún no me has dicho cómo volveré yo a Kansas.

—Tus zapatos de plata te llevarán por encima del desierto —contestó Glinda—. De haber conocido sus poderes mágicos podrías haber vuelto junto a tu tía Em el primer día que llegaste a este país.

—Pero, en tal caso, ¡yo nunca habría conseguido mi estupendo cerebro! —gritó el Espantapájaros—. Probablemente hubiese pasado toda mi vida en el maizal del granjero.

—Y yo no hubiera obtenido mi precioso corazón —declaró el Leñador de Hojalata—. Habría permanecido tieso y oxidado en aquel bosque hasta el fin del mundo.

—Y yo seguiría siendo un cobarde hasta el final de mis días —añadió el León—, y ningún animal de la selva se hubiese dignado dirigirme la palabra. Creo que todos hemos tenido mucha suerte.

—Todo eso es cierto —declaró Dorothy—. Estoy muy satisfecha por haber sido útil a estos maravillosos amigos. Pero ahora que cada cual posee lo que más deseaba, me gustaría regresar a Kansas.

—Los zapatos de plata —dijo la buena bruja —tienen unos poderes fabulosos. El más curioso de ellos es que pueden transportarte a cualquier parte del mundo en tres pasos, y cada paso se da en un abrir y cerrar de ojos. Todo lo que tienes que hacer es golpear tres veces un tacón contra otro y ordenarles que te lleven a donde desees ir.

—Si es así —dijo la niña, emocionada—, quiero ir a Kansas.

Rodeó el cuello del León con sus brazos y le besó, a la vez que acariciaba cariñosamente su vigorosa cabeza. Después besó al Leñador

de Hojalata, que empezó a llorar de un modo peligrosísimo para sus articulaciones. En cuanto al Espantapájaros, en vez de besar su cara pintada, abrazó su tierno y relleno cuerpo, y se dio cuenta de que ahora era ella la que lloraba de pena por tener que separarse de sus queridos compañeros.

Glinda, la Buena, descendió de su trono de rubíes para dar a la niña un beso de despedida. Dorothy le dio las gracias por la bondad demostrada con sus amigos y con ella.

Por fin, la niña tomó a *Totó* solemnemente en sus brazos y, con un último adiós, golpeó tres veces los tacones de sus zapatos, y dijo:

—¡Llevadme a casa con tía Em!

Al instante se vio girando por el aire, tan rápidamente que todo cuanto pudo ver o sentir fue el viento que silbaba en sus oídos.

Los zapatos de plata sólo dieron tres pasos, pero se detuvieron tan súbitamente que Dorothy rodó varias veces por la hierba, antes de saber dónde estaba.

Al fin pudo sentarse y mirar a su alrededor.

—¡Cielo santo! —gritó.

Se hallaba en la extensa pradera de Kansas, y ante ella se alzaba la nueva granja que tío Henry había construido, después de que el ciclón se llevara la vieja. El tío Henry estaba ordeñando las vacas en el patio, y *Totó* saltó de sus brazos y corrió hacia la casa, ladrando.

Dorothy se levantó y reparó en que sólo llevaba sus calcetines. Los zapatos de plata se le habían caído durante el vuelo, perdiéndose en el desierto.

Capítulo XXIV
De nuevo en casa

Tía Em acababa de salir de casa para regar las coles en ese mismo momento y, al levantar la vista, vio a Dorothy que corría hacia ella.

—¡Mi querida niña! —gritó, estrechando a la pequeña entre sus brazos y cubriendo su carita de besos—. ¿De qué parte del mundo vienes?

—De la Tierra de Oz —dijo Dorothy, muy seria—. Y aquí también está *Totó*. Y . . . ¡Oh, tía Em! ¡Soy tan feliz al estar de nuevo en casa!

Índice